光文社文庫

文庫書下ろし／長編時代小説

橋場の渡し

名残の飯

伊多波 碧《みどり》

光 文 社

光文社文庫

文庫書下ろし／長編時代小説

橋場の渡し

名残の飯

伊多波 碧《みどり》

光 文 社

この作品は光文社文庫のために書下ろされました。

目次

橋場の渡し

名残の飯

第一話　橋場《はしば》の渡し

1

土手沿いの道を歩くうち、気づけば昼近くになっていた。

左千夫《さちお》は足を止め、手の甲で額の汗をぬぐった。天候は薄曇りといったところだが、川の近くは風が湿っており、草の匂いでむせ返るようだった。

夜が明けるのを見計らって部屋を抜け出し、人目を避けるように土手を下りてきた。今頃、親方と女将《おかみ》さんはどうしているだろう。そろそろ左千夫が消えたことに気づいているかもしれない。

やっぱり置き手紙を残してくればよかったか。左千夫は悔やみかけたが、いや、と思い直した。そういう未練がましい真似はしたくないから、黙って出てきたのである。

どのみち不義をしたことに代わりはない。薄情者といっそ恨まれたほうがよかった。親方と女将さんに嫌われ、二度と回向院《えこういん》へ足向けできなくなってしまえばいい。そうすれば、否応《いやおう》なしに相撲《すもう》と縁が切れる。

やっと橋場の渡しにたどり着いた。

ここは今日も静かだ。左千夫は肩で息をつき、目の前に広がる川を眺めた。少し上流に行けば千住《せんじゅ》大橋があるから、行き交う人は多くない。隅田川《すみだがわ》という大きな隔てを越え、舟で向こう岸へ渡ってしまえば足跡も残さず去っていける。

土手沿いの道に立ち、橋場の渡しを見下ろしていると、向こう側から、母親と小さな子どもがやって来た。女の子は赤い鼻緒《はなお》の下駄を履《は》いている。左千夫はうつむき、黙って通り過ぎようとした。

「あ、お相撲さん」

女の子は左千夫を指差し、無邪気に叫んだ。母親が窘《たしな》めるのも構わず、じゃれついてくる。

「すみません」

母親は女の子の手を引き、頭を下げた。が、女の子は左千夫の着物の裾《すそ》をしっかり摑《つか》んで離さない。黒目を光らせ、左千夫に見入っている。腰を屈《かが》め、頭を撫《な》でると、女の子はきゃっきゃと喜んだ。

「さ、行きますよ」

興奮で頰《ほお》を赤くする女の子を抱き上げ、左千夫から引き離した。母親は二十代半ばくらいか。子ども連れだから老けて見えるが、左千夫とさほど歳《とし》は変わらないだろう。

自分にも、あんな子がいてもおかしくないのか――。

母親の腕の中で、今もこちらを振り返り、手を振っている女の子を見て思った。左千夫は二十五である。相撲取りにならなければ、力仕事にでもついて家族を養っていたかもしれない。

歩いていたときは何ともなかったが、少し立ち止まると、やはり腰が痛む。堅い板を張り付けたようで、ちょっと動くだけで響く。

鈍く痛む腰をさすりながら、左千夫はため息をついた。

行けるところまで行ってしまいたかったが、この辺りで休むほかになさそうだ。医者にもらった膏薬《こうやく》は、よほどのときのために取っておこうと思っている。無理をして歩けなくなったら面倒だ。

辺りを見渡すと、少し先に飯屋が見えた。

軒下に『しん』という白木の看板が下がっている。きっちりとした文字に目が留まり、左千夫は飯屋へ向かっていった。

藍《あい》色の暖簾《のれん》がはたはたと揺れ、店の前でふっくらとした女が水を撒《ま》いている。清潔そうな木綿《もめん》の着物に、藍色の前垂れを締めている。左千夫の足音に気づいたのか、女は顔を上げた。逆光で、こちらからは女の表情がよく見えない。

「こんにちは」

左千夫と目が合うと、女のほうから挨拶《あいさつ》してきた。雲雀《ひばり》のような、よく通る声だ。

「飯、いいですか」

ぼそりと訊《き》くと、白い手で戸を開けてくれる。

「どうぞ。ちょうど暖簾を出したところなんですよ」

笑窪《えくぼ》を浮かべた顔で言われ、左千夫は目を逸《そ》らした。優しげな丸顔としっかりとした胴回りが女将さんと重なる。一瞬、引き返そうと思ったが、女はにこやかな顔で左千夫を見上げている。

「――へい」

まあいいか。目指した場所にたどり着いたのだから。

左千夫は『しん』に入ることにした。小体《こてい》な店の構えだけに、そう高い値を払わされることもないだろう。

敷居をまたぐと、醤油と砂糖を煮詰めたような甘辛い匂いがした。日を浴びながら歩いてきたせいか、店の中はわずかにひんやりとして薄暗い。

「いらっしゃいませ」

厨《くりや》から年配の女が出てきた。ふっくらした女の母親だろうか。こちらは細面《ほそおもて》の痩せ形だが、どことなく雰囲気が似ている。

「お一人？」

年配の女の言葉にうなずくと、正面の長床几《ながしょうぎ》を勧められた。腰を庇《かば》いながら、そろそろと尻をつける。体重をかけると、長床几の足が土間とこすれて鳴った。その拍子《ひょうし》に鈍い痛みが走る。

「おけい、敷物を出しておやり」

年配の女が左千夫を見て、娘に言った。

「はい」

おけいと呼ばれた娘が、すぐさま座布団を持ってきた。

「春といっても、この辺りは川風が強いですからね。歩いているうちに、冷えたんじゃないかしら」

　左千夫は座布団を受けとり、自分で尻の下に敷いた。腰を上げるときにまた痛みが走り、顔をしかめた。が、しばらくすると楽になった。座布団のおかげだ。

　おけいが盆に載せたお茶を差し出した。

「ほうじ茶です。温まりますよ」

　細めた目尻に皺《しわ》が寄っている。しかし頬は豊かに張っており、せいぜい三十代半ばというところ。間近で見ると、女将さんより若い。左千夫は口の中で礼を言い、分厚い茶碗を手に持った。

　湯気を吹き、ほうじ茶を啜《すす》る。落ち葉みたいな香りが鼻先をくすぐり、舌にほんのり甘みが残る。喉から腹がじんわりとぬくまり、ホッとした。腰が辛いときは、体の内側から温めると痛みがやわらぐ。

「――ふう」

　思わず息が漏れた。熱さも程よく、左千夫は続けて二口、三口と啜った。あっという間に茶碗が空《から》になる。

　おけいが心得たようにお代わりを注いだ。

「すみません」

懐から手拭いを出し、顔の汗をぬぐった。

喉が潤い、痛みが引いたら腹が鳴った。決まり悪いほど大きな音がして、左千夫は肩をすぼめた。

最後に飯を食ったのは昨夜だから、空腹なのは当然だった。

献立《こんだて》が壁に貼ってある。手習いの手本のような達者な文字で、季節の魚に煮物、焼き物、丼物と書いてある。渡し場に立ち寄る旅人相手の一膳飯屋《いちぜんめしや》というところか。

まずは熱いご飯だ。それから味噌汁。舌が焼けるような、熱いのが飲みたい。あとは魚をどうするかと壁の献立を眺めていたら、厨からおけいが言った。

「ご飯は硬めと柔らかめ、どちらがお好き？」

「ええと」

「好みの加減で炊きますから」

変な店だ。道楽でやっているわけでもあるまいし、と余計なことを思いながら、左千夫は答えた。

「――じゃあ、硬めで」

「では、さっそく炊きますね」

おけいは笑窪を深くしてうなずき、優雅な足取りで厨へ向かった。女将さんはいつも早足だった。部屋住まいの若い者の炊事や洗濯で、朝から晩まで忙しく、ゆっくり立ち止まっている暇がないからだ。

女将さんの顔を思い浮かべたら、ちくりと胸が痛んだ。

怒るだろうな――。

気がつくと、年配の女がこちらを見ていた。

「お魚も食べるでしょ？」

さも当然といった口振りである。

「はあ」

相槌《あいづち》を打つと、女は結構、とばかりにうなずいた。

「今日は目張《めばる》ですよ」

「目張」

馬鹿みたいに繰り返した。左千夫はよく食べるが、魚の名には詳しくない。鮭《さけ》や秋刀魚《さんま》ならともかく、目張などと言われてもわからない。

「そう。今朝獲れたばかりだから新鮮ですよ。上手に煮付けますから、召し上がるといいわ。若い方には物足りないかもしれませんけど、炊き立てのご飯と一緒に甘辛いお魚を食べると、気持ちがほぐれますよ」

古い鈴を転がすような声だと思った。少し低く、耳の中で心地よく響く。

やはり、おけいの母親だろう。体格や顔立ちはそうでもないが、声がいいところが似ている。こんな小さな飯屋の女将母娘《おやこ》にしては——と言っては失礼だが、母親のほうは物腰に威厳があり、娘のおけいのほうはおっとりして見える。

「目張の煮付け、食います」

女は満足そうに目を細め、厨のほうへ首を捻《ひね》った。

「平助《へいすけ》さん」

と、短く呼びつける。

「何でえ」

厨から白髪頭の老人が出てきた。

「この若いお客さんに、おいしい煮付けを食べさせてあげてください。身の厚いものにしてちょうだいな」

「あいよ」

塩辛声で返事をして、長床几の左千夫に目をやる。

「おっ」

そのまま厨へ引き返すと思いきや、平助と呼ばれた老人は足を止めた。五尺にわずか足りない小さな体に、褪《さ》めた藍地の木綿ものを引っかけている。

平助は半白の眉を上げ、じろじろと左千夫の風体《ふうてい》を眺めた。

「兄ちゃん、相撲取りかい。こいつは食わせ甲斐《がい》がありそうだ」

言いながら、手を伸ばして左千夫の腕を触ろうとする。

「平助さん」

おけいの母親がぴしりと諫《いさ》めると、平助は肩をすくめた。

「つたく。おしげさんは、すぐ怖い声を出しやがる」

ぶつくさと文句を残し、厨へ引き返していく。

「ごめんなさいね、行儀が悪くて」

おしげと呼ばれた女に申し訳なさそうな顔で詫びられ、左千夫はかぶりを振った。

見るからに相撲取りといった体格だから、声をかけられるのには慣れている。さ
っきの女の子のように着物の裾を摑まれることも珍しくない。腕をばんばん叩かれ、
まるで丸太だと感心されることもしょっちゅうだ。

「いいんですよ」

それも今日で終わる。

「後で叱っておきます。あの人、あんな柄ですけれど、魚を見る目は確かなんです

よ。七年前まで魚河岸《うおがし》で仕事をしていたから。ああ見えて舌もいいの。うちは煮るのも焼くのも、お刺身も、魚は全部あの平助に任せているの」

「楽しみです」

「でも、煮魚だけだと足りないかしら」

図星を指され、左千夫は素直にうなずいた。

「そうよねえ」

「他にもおかずはありますか」

「いいわね、若い方は食欲が旺盛で」

おしげはちょっと肩を引き、いかにも感心した面持《おもも》ちになった。

「いえ、そんなに若くないです」

「おいくつなの？」

「二十五です」

左千夫が答えると、おしげは白い歯をこぼした。

「やっぱり、お若い」

その言い方が癪《しゃく》に障り、左千夫は返事をしなかった。

別に謙遜《けんそん》しているわけではない。左千夫が飛び出してきた相撲部屋には、十五、六の者がごろごろいる。二十五など年長のほうだ。同じものを食べても、十代の若者は筍《たけのこ》みたいに背丈が伸びる。へとへとになるまで稽古しても、少し休めばケロリとしている。

前は左千夫もそうだったが、近頃では疲れが残るようになった。腰を庇いながら稽古しているせいもあるだろう。朝、起きたときから体が重く、昼を回る頃にはだるくなる。

あと十、若ければと思う。

それが無理でも、せめてあと五つ。二十歳《はたち》なら、踏ん張れたかもしれない。考えても仕方ないことを思い出し、左千夫は暗い気持ちになった。

「何になさる？」

おしげが訊いた。

「うちはご飯の炊き加減だけでなく、お菜も好きなものを出すことにしているの。もちろん料亭のようにはいきませんけれどね。おっしゃってみて、大抵のものならできますから」

やっぱり変な店だ。

そんなことを言われても思いつかない。左千夫にとって食べるのは強くなるため。

とにかくそればかり考えていた。味や好みは二の次。もっとも、女将さんの飯はどれも旨《うま》く、滅多《めった》にはずれがなかったが。

おしげは小さな口を閉じ、左千夫の返事を待っている。

「いいのよ、ゆっくり決めて」

おしげは五十を過ぎているだろう。さっき平助を叱りつけたところを見る限り、躾《しつけ》にうるさそうだ。が、嫌な感じはしなかった。年季の違いか。おしげに命じられると、おとなしく言うことを聞く気になる。

何にしようか。左千夫は腕を組み、うーん、と唸《うな》った。

すぐに浮かんでこないのは、人にそういうことを訊かれたことがないからだ。

左千夫には親がいない。

子どもの頃、この辺りに捨てられていたところを親方と女将さん夫婦に拾われた。川縁でしゃがみ込み、川を見ながら泣いていたという。五つのときだ。

そのときの眺めを今も左千夫はぼんやりと覚えている。

春だった。今日のように日差しはうららかで、なのに風はひんやりと冷たく、下駄を履いた足が痛かった。あちこちを歩き回るうちに鼻緒で指の股がすりむけ、血が出ていた。思い出すと、我ながら不憫《ふびん》になる。

「天麩羅《てんぷら》」

気づけば口が勝手に動いていた。

「天麩羅がお好きなのね」

「――まあ」

左千夫は曖昧《あいまい》にうなずいた。

好きかどうか自分でもわからないが、ぱっと頭に浮かんだ。江戸で最後に食べるとしたら天麩羅だ。それしかない。あらためて口にしたら、どうにも食べたくなった。

「いいですよ。長芋《ながいも》に筍、牛蒡《ごぼう》と人参《にんじん》を揚げましょうか」

「衣は厚めにしてください。天つゆは熱々で」

「はい、わかりました」

応じるおしげの声が遠くに聞こえる。一瞬、気持ちが昔に返っていた。

屋台では串に刺した天麩羅をよく売っているが、左千夫は買ったことがない。買い食いはせず、酒にも煙草にも手を出さなかった。

強くなりたい。

一人前の相撲取りになって、自分を拾ってくれた親方と女将さんに恩返ししたい一心でやってきたのだが。左千夫は恩を仇《あだ》で返す卑怯者《ひきょうもの》だ。結局のところ、自分にも子どもを捨てた父親の血が流れているのだ。

所詮《しょせん》、左千夫は根無し草。支えがなくなれば、ぽきりと折れて腐る。

相撲取りを辞めれば、左千夫など身寄りのないただの大男だ。のらくらしているだけなのに腹だけはいっぱしに減る。追いかけていた夢が消え、空っぽになったせいか。

とにかく飯が出てきたら詰め込もう。何も考えずにすむように。

おしげが厨へ行き、平助に天麩羅を作るよう命じる声がした。

「へい」

と無愛想な返事も聞こえる。平助は勝手場を任されているらしい。やがて米の炊ける甘い匂いがしてきた。天麩羅に使う長芋や人参を切っているのか、小気味いい包丁使いの音がする。

「そうそう。今日は菜《な》の花《はな》もあるんですよ」

厨から戻ってきたおしげが、ぽん、と手を叩いた。

「菜の花？」

「ええ、それも一緒に揚げましょう。天麩羅にしてもおいしいのよ」

品のいい笑顔を向けられ、「はあ」と顎《あご》を引いたものの、左千夫は悔やんだ。苦みがあって、正直なところあまり好みではない。が、せっかく勧めてくれるものを断るのも角が立つ。天つゆをつければ食べられるだろう。天麩羅は衣自体が旨いから。

すると、おけいが厨から盆を手に出てきた。

「今ね、ご飯を蒸らしていますよ。あとほんの少し待ってくださいね。――その間に、どうぞ」

小皿を差し出しながら、おけいが言う。

何かと思えば、生の菜の花である。

「食えるんですか？」

「もちろん」

耳を疑い、左千夫はおけいの顔を眺めた。

兎《うさぎ》じゃあるまいし――。

「試してみてくださいな。わたしも今朝食べたんですけど、さっぱりとして乙《おつ》な味なの。まるで春を食べているみたい」

おけいは左千夫の胸中も知らず、にこにこ顔で勧めてくる。

春を食べる、と来たか。

「そう、春の味。娘の言う通りですよ。おいしいから召し上がってみて」

厄介《やっかい》なことに、おしげまで一緒になって言う。

左千夫は頭を掻《か》いた。母と娘の二人がかりで勧められては断れない。

どうせ苦いだけだろう。おいしいものか。半信半疑ながら、箸を取った。

もし不味《まず》ければ、ほうじ茶で飲み下すしかないな。そう思って口に入れてみて、自分でも驚いた。これが旨いのである。花芽は柔らかく、嚙みしめると爽やかな味がした。茎は歯応えもよく、シャキシャキと口の中で音が鳴るのも楽しい。

「騙《だま》されたと思った？」

よほど頓狂《とんきょう》な顔つきをしていたのだろう、笑みを含んだ声でおけいが言うのに、左千夫は目を見開いた。

「はい」

「正直ね」

豊かな体格にふさわしい、朗《ほが》らかな声で笑う。でも、知らなかったのだ。菜の花が生で食べられることも、こんなに旨いことも。首を傾《かし》げ、左千夫はもう一度食べた。やはり旨い。

「行商の人はね、菜の花を畑でぽきんと折って、そのまま食べるんですって」

「へえ、そうなんですか」

「朝露《あさつゆ》がついたのを食べるなんて贅沢《ぜいたく》よね」

おしげは羨《うらや》ましげに目を細めた。

左千夫はうなずき、また花芽をつまんだ。腹が空いているせいもあるが、さっぱりとして、いくらでも入りそうだ。店で食べてもこれだけ瑞々《みずみず》しいのだ、畑で手折《たお》って食べたくなるのもわかる。

そう思いつつ、半分残すことにした。

「もういいの？」

左千夫が箸を置くと、おけいが意外そうな顔をした。

「一気に食べるのが勿体《もったい》なくて」

「あら。気に入ったなら、もっと食べて。たくさんあるのよ」

おけいがはしゃぐと、厨から平助の胴間声《どうまごえ》がした。

「おいおい、菜の花も結構だが、もう飯を食わせてやったらどうだい。目張もできてるし、じきに天麩羅も揚がるぜ」

「それもそうね」

おけいが頰を染めた。

「もう蒸らしも十分でしょう。お味噌汁と一緒に持ってきます」

照れたような顔をして、厨へ引き返していく。可愛らしい人だな、と左千夫は思った。

寛《くつろ》いだ気持ちになり、格子窓からこぼれる春の日差しを眺めた。部屋を出てくるときは肌寒かったが、昼どきともなるとすっかり春の陽気だ。そういえば桃の節《せっ》供《く》も近い。

おしげがふたたび話しかけてきた。

「あなたは、まだお独り？」

「そうです」

「だとすると、ご飯はどうしているの」

「女将さんが作ってくれるものを食べています」

「部屋の女将さんのこと？　だったら、お弟子さんたちと一緒に食べているのね。賑《にぎ》やかでしょう」

「はあ、まあ」

曖昧《あいまい》にうなずき、左千夫は下を向いた。

それも昨日までのこと。

この体格だから、おしげは左千夫が相撲取りだと察しているはずだ。

もうじき春場所だというのに、呑気《のんき》に飯屋に来ていることを怪訝《けげん》に思われているに違いない。今からどこへ行くのだ、何をするのだと、あれこれ詮索されるのは面倒だった。訊かれれば、打ち明ける羽目になる。相撲ができなくなって部屋を抜け出してきたのだと。

脚絆《きゃはん》に草鞋《わらじ》がけで、手に荷を提《さ》げていることから、おしげは左千夫が旅に出るつもりなのも承知しているに違いない。

が、向かう先などなかった。こうして橋場の渡しへ来たはいいが、行く当てもなく、ともかく江戸から離れようとしていると言ったら、果たしておしげはどんな顔をするだろう。

この先のことを思うと、忘れていた腰の痛みがぶり返した。

「ちゃんとお医者に行っているの」

「え？」

「その腰。だいぶ痛むんでしょう」

言い当てられ、左千夫は首を縦に振った。

「医者にはちゃんと掛かってます」

「お薬は？」

「飲んでますよ。膏薬《こうやく》も貼ってます」

「そう」

おしげは物問いたげな目をして、左千夫を眺めた。

せいぜい気休めでしょう――と、その目が言っている。

「まあ、あまり効きませんけど」

左千夫は正直に答えた。いっときは楽になるが、貼りつづけると、肌が赤剝《む》けしてかぶれ、ひどいことになる。

「でしょうね。わたしもよく膏薬のお世話になるけれど。せいぜい一時しのぎだもの。勝ち負けが大事なお相撲さんには物足りないわね」

その通り。

温泉療養やら、鍼灸師《しんきゅうし》のところへ通えば、もう少しよくなるのかもしれない。が、怪我をしたのがもとで幕内から落ち、去年の秋も負け越した左千夫には、温泉も鍼《はり》治療も高嶺《たかね》の花だ。とても手が出ないし、それだけの価値もない。

完全に治すのは難しいと、医者にも言われた。

目方の重い相撲取りは、ただでさえ腰を痛めやすい。二十五が若くないというのは本当だ。相撲取りはわざと肥《ふと》って体を大きくしている分、背中を支える骨や腰に人より早くガタがくる。

腰が駄目になると、踏ん張りが利かない。土俵際へ追い詰められると、もう駄目だ。相撲取りにとって腰の怪我は命取りになる。

半年前、左千夫はぶつかり稽古で投げられた。咄嗟《とっさ》に受け身をとれず、おかしな格好で壁にぶつかり、しばらく起き上がれなかった。あのとき自分でもわかった。やってしまった、と。

よろよろと立ち上がったとき、親方と目が合った。あのときの青い顔が忘れられない。序《じょ》の口《くち》の若い者を走らせ、医者を呼んでくる間も、口をへの字に引き結んでいた。左千夫は脂汗《あぶらあせ》をかきながら、じっと親方の顔色を窺《うかが》うことしかできなかった。あのとき、左千夫の目の前に拓《ひら》けていた道の先が途絶えたのだ。

「おまちどおさま」

明るい声にはっとすると、おけいが厨から出てきた。

丁寧な仕草で土鍋を差し出す。

蓋《ふた》を開けると、もわりと甘い湯気が立った。ぴかぴかと飯粒が立っている。好みの炊き加減のご飯とは、こうして土鍋で用意してくれることだったのか。おけいが土鍋から大振りな茶碗にふっくらとご飯をよそった。

「さ、こちらも」

いったん厨へ引き返し、おけいは味噌汁と天麩羅を運んできた。その後に目張の煮付けが続く。どれも湯気を上げており、旨そうな匂いをさせている。

思わず喉が鳴り、暗い気持ちが胸の奥に引っ込んだ。

「いただきます」

両手を合わせるのももどかしく、左千夫は箸を取った。

何から食べよう。つい迷い箸をしそうになるほどのご馳走だ。まずは味噌汁で喉を湿そうとも思ったが、白いご飯の誘惑に抗《あらが》えなかった。

「うん」

飯粒は口へ入れても立っていた。一粒一粒の味が濃く、おかずいらずのおいしさだ。瞬く間に一膳を平らげると、次に天麩羅へ取りかかった。長芋を箸でつまみ、天つゆにどぶんと漬けた。

笑ってしまうくらい熱く、上顎を火傷《やけど》しそうになった。分厚い衣は天つゆを吸ってもなお、サクサクとしていた。長芋は粘りがあり、淡泊で舌触りがいい。目張は肉厚で甘辛い出汁《だし》が身によく絡んでいた。

二膳目のご飯も飲み込むようにして食べ、味噌汁を啜った。

木綿豆腐に刻んだ葱《ねぎ》を散らしただけなのに、やはり旨い。味噌も豆腐も、それぞれに味がしっかりしている。

「嬉しくなるような食べっぷりね」

おけいは甲斐甲斐《かいがい》しくご飯のお代わりをよそい、ほうじ茶を注いだ。

「ありがとうございます」

いったん箸を置いて茶を啜ると、ようやく人心地《ひとごこち》ついた。

骨に残る目張の身をつつき、味噌汁の豆腐を頬張る。まだいくらでも入るが、腹の中がゆったりと落ち着いてきた。

菜の花の天麩羅へ箸を伸ばす。

うん、うん――。

これは天つゆがいらないな、と左千夫は思った。

せっかくのほろ苦さをそのまま味わいたい気分だ。今日ここで生の菜の花を食べるまで、苦いのが嫌だと敬遠していたのが自分でもおかしい。なるほど、菜の花はこの苦さを楽しむものなのか。

そういえば、親方は春になると、蕗《ふき》味噌を舐《な》めて酒を飲んでいた。子どもの頃、ぽっちり食べさせてもらったことがある。あのときは苦いばかりで、どこがおいしいのかと思ったが、今はそのよさがわかる。

「どう？」

おしげに問われると、左千夫は笑みを返した。

「苦くて旨いです」

「春の味よね。苦い草には、体の中をきれいにする効用があるんですよ」

「へえ――」

知らなかった。

「食欲がないときなんかに、よく効くわね。胃の腑《ふ》がすっきりとするから」

だから、大人になると好むようになるのか。

おしげに教えてもらって腑に落ちた。子どものうちは放っておいても食欲がある。菜の花の苦みを気に入ったということは、つまり左千夫の体もくたびれてきたわけだ。

三膳目をよそっても、土鍋にはまだ飯が余っている。菜の花の天麩羅を載せて食べようとしたら、おしげが言った。

「よかったら、天丼にしましょうか」

「いいんですか？」

「ええ、もちろん」

おしげは厨から出てきて、盆に土鍋と天麩羅の皿を載せていった。

待っている間、左千夫は店の中を見渡した。壁も床も年季が入っているが、よく手入れされている。掃除が行き届き、塵《ちり》一つ落ちていない。

この店はおしげとおけい、平助の三人で切り盛りしているのだろうか。他に手伝いらしき者の姿はなさそうだ。献立の文字は表の看板と同じだった。止めも撥《は》ねもきっちりしている。おしげが書いたのではないかと、姿勢のいい立ち姿から、左千夫は当たりをつけた。

2

背後で戸の開く音がして、お客が入ってきた。

旅支度をした中年男の二人連れだ。仕事仲間なのか、四十年配といった年頃で、揃《そろ》ってつるりとした顔をしている。たぶん商人だ。一人は狐《きつね》みたいに目が細く吊り上がっており、もう一人は赤ら顔だ。

「いらっしゃいませ」

おけいが厨から出てきた。

「よろしければ、小上がりへどうぞ」

「ありがとう。でも、歩いて汚れたから、こっちでいいよ」

狐目のほうが如才《じょさい》なく言い、二人は左千夫の後ろを回って、厨の左手にある長床几に腰を下ろした。きょろきょろと壁の献立を眺め、何を食べようかと話している。

おけいがほうじ茶を盆に載せてくると、二人はさっそく口をつけた。

「ああ、生き返る」

「すっかり汗をかきましたねえ」

ほうじ茶を飲みながら、二人はくつろいだ様子で何やら盛り上がっている。團《だん》十郎《じゅうろう》だの幸四郎《こうしろう》だのという名を出しているから、歌舞伎の話だ。狐目のほうは通い慣れているらしく、得意げに講釈を垂れている。赤ら顔も調子のいい相槌《あいづち》を打ち、話を合わせている。左千夫は聞くともなしに耳を傾け、天丼ができるのを待った。

「いやあ、江戸に来ると歌舞伎が楽しみでね。あたしなど、商売よりそっちが目当てでなくらいで」

「あたしもですよ」

「座敷にずらりと客が並んでいるのを見ると胸が躍って、つい座敷から身を乗り出したくなるのが、あたしの悪い癖でね。田舎者で、滅多に見られないから、夢中になって、周りが見えなくなるんですよ」

「同じく」

「わかっちゃいても花道を役者が歩いてくると、血が上ってしまうんですな。ああ、死ぬ前に一度くらい通しでゆっくり見てみたい。ま、締まり屋の女房が許しちゃくれないでしょうけど」

狐目の男は言い、妙にととのった歯を見せて笑った。

「はは。うちの女房も許しちゃくれませんよ。けどね、来月あたしは相撲見物に行くんです」

「へえ、また江戸へ。商売繁盛ですな」

「いやあ。商売は口実で、相撲のためです。年に二度、春と秋の楽しみですから、女房にも口出しさせませんよ」

「なるほど」

赤ら顔の言葉に感心してみせつつ、狐目の男はちらと左千夫を見た。

「どうか晴れてくれるようにと、今から祈っておりまして」

相撲は晴天十日の興行が決まり。行くと決めた日に雨が降れば延期になるから、赤ら顔が祈るのもわかる。

どうも厄介な流れになってきたな、と左千夫は思った。

さっきから二人と何度も目が合うのだ。赤ら顔が相撲の話を持ち出したのも、見るからに相撲取りといった態《てい》の左千夫がいるからではないか。

また戸が開き、旅支度をした男が入ってきた。店の中を見渡し、左千夫がいる長床几の隅に腰を下ろした。職人なのか法被《はっぴ》に股引《ももひき》姿で、まだ春先なのに真っ黒な顔をしている。引き締まった足をひょいと組み、左千夫に話しかけてきた。

「兄さん、相撲取りかい」

聞こえない振りをしたが、職人は無遠慮《ぶえんりょ》に顔を近づけてくる。

「そうだろ？　立派な体格してるもんな」

いきなり腕を叩かれ、左千夫は目を伏せた。

間が悪いな――。

天丼なんか頼まず、さっさと食べて店を出ていればよかった。今さら悔やんでも遅いが、飯屋に入れば、当然こういうこともあるのだ。

「あれ？　もしや兄さん、嵐山《あらしやま》かい」

職人が声を上ずらせた。

「だよな？」

横顔にじろじろと絡みつく視線が煩《わずら》わしい。左千夫は黙して返事を避けた。

が、敵は職人だけではなかった。

「ああ、やっぱり。さっきから、そうじゃないかと思って見ていたんです」

今度は赤ら顔がこちらへ顔を向けてきた。

「な？　嵐山だよ、嵐山」

勘が当たった職人は、嬉しげに左千夫のほうへ身を寄せてきた。咄嗟に肩をすぼめたが、同じ長床几に座っていては逃げようがない。人違いと言おうか。が、こうはっきり四股名《しこな》を出されては、それも難しい。

「ふうん。嵐山ねえ」

狐目の男は首を傾げつつ、つぶやいた。相撲取りとは目星をつけていたようだが、四股名は知らなかったらしい。さっきから目が合っていたのは、自分の知っている相撲取りかどうか、頭の中で考えていたのだろう。

こういうことも、よくある。

相撲取りは歌舞伎役者と同じで、人に見られるのが商売。大きな体も突き出た腹も、客にとっては見世物だ。前は「知らない」と言われると悔しかったが、今は知られていることが怖い。

こんな境地に陥る日が来るとは、怪我をするまで思いもよらなかった。どうしたものか。

思案しつつ目を上げると、心配そうなおけいの目とぶつかった。取りなすような顔をして、盆で天丼を運んでくる。

「お待たせしました」

心持ち声が高い。

「熱いうちに召し上がってくださいね。七味を振りかけてもおいしいですよ。――そうそう、大根おろしもいりますか？」

おけいに割り込まれ、職人は興《きょう》がそがれたような顔になった。いいから話の続きをさせろと言わんばかりに鼻を鳴らす。

「ああ、今すぐにお茶をお持ちしますね」

「いいよ。それより――」

「ごめんなさい、手際が悪くて」

口を尖《とが》らせる職人に、おけいが慇懃《いんぎん》に頭を下げる。

「まったくだぜ。何でえ、ひとの話の腰を折って」

「あいすみません」

おけいは気遣ってくれているのだ。四股名を言い当てられたとき、左千夫が困った顔を見せたからだ。このままでは職人は腹を立て、店を出るかもしれない。そうなれば、おけいはおしげに叱られる。

仕方ねえ――。

自分のせいでおけいに迷惑をかけるのは忍びない。

「そうですよ、嵐山です」

腹を決め、左千夫は認めた。面が割れた以上、ごまかしてもしょうがない。

「おお！」

職人が膝を叩いた。

「まさか、こんなところで嵐山と会えるとはな」

「いやはや感激いたしました」

赤ら顔は目を見開き、手放しで喜んでいる。

左千夫は心持ち胸を張り、満更《まんざら》でもない顔を作った。考えてみればありがたい話だ。自分のような下っ端を覚えていてくれるのだから。迷惑がるのは我儘《わがまま》というものだろう。

いっときの辛抱《しんぼう》だ――。

所詮は行きずりのこと。適当に相手をして、さっさと店を出ればいい。どうせ二度と会うこともない相手なのだから。

左千夫は頭を小さく下げ、箸を手に取った。

「では」

短く断り、天丼を食べはじめる。

「大きな手だなあ、おい」

「さすがに違いますね。比べると、あたしなどまるきり子どもの手ですよ」

職人と赤ら顔は、左千夫の一挙一動を興味津々《しんしん》といった目で見守った。ことに赤ら顔は来月、本所《ほんじょ》の回向院で開かれる勧進《かんじん》相撲を見にくると言っているくらいだ。いかにも嬉しげな顔をしている。

食べにくいこと、この上ない。せっかく作ってくれた天丼の味がしなかった。黙々と口の中へ押し込み、ほとんど嚙まずに飲み下した。

商人二人と職人は、それぞれ目張の煮付けを頼んだ。ご飯の炊き方は職人が柔らかめで、商人はいずれも硬め。おけいはゆっくり注文を聞いて回り、それぞれに間違いはないかと念を押したが、皆、気もそぞろな態だった。飯屋にいながら、食べることより相撲取りを夢中で眺めている。

が、一人だけ冷めた目をしている者がいた。狐目の男だ。あまり相撲には詳しくないのか、一人だけ話に加われず、少々退屈そうにしている。

「三日後の相撲には、谷風《たにかぜ》も出るのかい？」

さっきから仲間に入る隙《すき》を窺っていたのだろう。

「そりゃあ、出るさ。何てったって谷風は天下の横綱だ。俺も何度か見にいったが、あれは別格だ。確か去年の秋場所でも、優勝したはずだぜ」

職人が興奮気味に言えば、狐目も嬉々《きき》として応じる。

「市川《いちかわ》團十郎と一緒に描かれた錦絵《にしきえ》があるでしょう」

「聞いたことがあるな」

「あたしは一度、見せてもらったことがあるんです。とびきり大きくてねえ、驚きました。雲衝《つ》くような、とは、まさに谷風を指す喩《たと》えでしょうな」

「いったい、どんな人なんです。錦絵みたいに、本当に大きい人ですか」

「大きいです」

「ほう。で、やっぱり別格の強さなんですか。あなたも稽古をつけてもらったことはあるんですか」

「いえ、わたしは――」

稽古をつけてもらうなど、とんでもない。幕下の左千夫にとって谷風は雲の上の人である。回向院ですれ違えばこちらから挨拶をするが、あちらは常に付き人に囲まれていて、声をかけるのも憚《はばか》られるほどだ。

「ふうん。そんなものですか」

「そりゃあ、そうですよ」

合いの手を入れたのは赤ら顔だった。

「相撲取りも下は序の口から大勢いますからね。いちいち若手に稽古をつけていたら切りがない」

「それもそうだね」

狐目の男は納得して、手で顎を撫でている。

「考えてみれば商人も同じだ。丁稚《でっち》が主人から直《じか》に教わるはずがない」

「その通りです」

商人二人のおしゃべりを聞いているうちに、腹が立ってきた。

むろん谷風関の足下にも及ばないが、これでもかつては幕内で、行く末を期待されていた相撲取りなのだ。そう言い返してやりたかった。自惚《うぬぼ》れではない。親方は左千夫に目をかけてくれていた。

（このままいけば、大関も夢じゃないぞ）

一昨年の春場所で勝ち越したとき、親方に言われた。

左千夫は子どもの頃から体が柔らかく、手が大きかった。背丈は相撲取りとしては並だが、腕が長く、鋭い張り手が持ち味だった。兄弟子にも一目置かれており、後輩たちからも畏怖《いふ》されていた。

幕内にたどり着ける者はほとんどいない。職人や商人にはわからないだろうが、苛烈《かれつ》な競争があるのだ。左千夫はそこで勝ち、幕内の一人に這《は》い上がった。それだけではない。

親方から谷風に頼んで、預かり弟子にしてもらう話もあったのだ。

が、そんなことを言ったところで、つまらない見栄を張ってと商人二人や職人に鼻で笑われるだけだ。左千夫は大関になれなかった。幕内に入るまでは順調だったが、そこで勢いが止まった。幕内に入れる相撲取りは一握りなのだと吠えても、却《かえ》って恥をかくだけだ。それにもう、自分は嵐山でもない。

ようやく天丼を食べおえ、左千夫は箸を置いた。自分で見切りをつけ、相撲を辞めたはずだ。たかが行きずりの者の言葉で、こうも気持ちがかき乱されるようでは先が思いやられる。左千夫は両手を合わせ、「ご馳走さまでした」と挨拶して、のろのろと腰を上げた。

「もう行っちまうのかい」

職人が名残《なごり》惜しそうに言った。

「谷風の話をもっと聞かせてくれよ」

「先を急ぎますので」

「少しくらい、いいじゃねえか」

「すみません」

左千夫は断り、頭を下げた。もっと粘られるかと思ったが、職人は案外あっさり引き下がった。

「わかったよ。じゃあな、谷風によろしく。春場所でも優勝を期待しているって」

「伝えておきます」

「お前さんも頑張りな」

「ありがとう存じます」

目顔で礼を言い、おけいに金を払って表に出る。

店に背を向け、数歩行くと、「ふう」と息がもれた。

くたびれたな――。

口では相撲好きと言ってはいるが、あの職人は大の贔屓《ひいき》というほどでもない。谷風はむろん別格で強いが、昨年の秋場所では優勝しなかった。六勝一敗に無勝負が一の休みが二。寛政《かんせい》元年（一七八九）に横綱免許を与えられたものの、それ以降は優勝していない。九十八連勝を飾って大騒ぎになったのは五年前、天明《てんめい》六年（一七八六）のこと。職人はそれを知らないのだろう。

お客など、そんなものだ。左千夫にも覚えがある。贔屓にしている、頑張れと握手を求めつつ、平気で違う四股名を口にしたりする。

谷風か。一緒に横綱免許をもらった小野川《おのがわ》ならともかく、素人客《しろうと》にとってそれ以下の相撲取りなど十把一絡《じっぱひとから》げだ。嵐山、と四股名を出せただけ上出来である。

左千夫は重い足取りで渡し場へ向かった。

最後に隅田川を眺めてから、千住大橋へ向かおうと端《はな》から決めていた。

薄日が差しているうちは明るかった川の色は、雲が差すとたちまち暗くなった。

その分、川の匂いが強くなる。

昔、父親に捨てられたのも、ちょうどこんな時刻だった。朝と昼の間くらい。前の晩に芋を齧《かじ》ったきり、何も食べていなかったせいで腹が空いていたことを覚えている。

（ここでちょっと遊んでろ）

そう言われ、川辺で草をむしっているうちに父親は消えた。いい加減飽きて背後を振り向いたら、土手沿いの道は白っぽく光り、ゆらゆらと陽炎《かげろう》が立っていた。

正午近いのはお天道《てんとう》さまの高さでわかった。渡し場についてから半刻《はんとき》は経《た》ったのに、辺りを見渡しても、どこにも父親の姿はなかった。心細くなってべそをかきつつ、子どもも心にもやっぱりと思った。遊んでろと言われたとき、嫌な予感がしたのだ。が、逆らえなかった。父親はちょっとでも気に入らないことがあると、すぐに怒声を上げる男だった。

だから駄々をこねず、おとなしく首を縦に振った。あのとき左千夫はおぼろげに捨てられることを悟っていた。子どものときから諦《あきら》めがよかったのだ。

「――しまった」

妙に身軽になったと思ったら、さっきの飯屋に荷物を置き忘れた。うっかりしたものだ。四股名で呼ばれ、狼狽《ろうばい》したせいだろう。

着替えの浴衣《ゆかた》や下帯は惜しくないが、あの中には医者からもらった飲み薬と膏薬が入っている。まあいいかと、うっちゃりたいところだが、この先どこに医者が住んでいるかもわからない。旅の途中で腰が痛み、歩けなくなったらことだ。

舌打ちをして、左千夫は『しん』に引き返した。

そっと戸を開けると、さっきの商人二人と職人が左千夫の噂で盛り上がっていた。

「もう相撲取りを辞めてる？　どういうことだい」

職人が眉をひそめ、赤ら顔に詰め寄っている。

「ですから、嵐山は廃業したんですよ。怪我をして」

「本人はそんなことを言ってなかったろ」

「言いにくかったんでしょう」

幾分か同情のこもった声音で、赤ら顔は話している。

「しまったな、それなら励ましは余計だったか」

腕を組み、職人は唸《うな》った。

「けど、ちゃんと歩いていたじゃないか。あたしには怪我をしているように見えなかったよ。若いうちは治りも早いだろうに、辞めてしまうのは惜しいね」

狐目の男は不審そうに首を傾げている。

「さあ。詳しい事情はあたしも知りませんけど、若いからこそ見切りをつけられるとも考えられますよ。幕内に入れるのは一握りですし、相撲取りなど、元から分《ぶ》の悪い博打《ばくち》のような商売ですから」

「なるほど」

「それも道理だ」

狐目の男が納得顔でうなずく。

何なんだよ――。

さすがに不愉快だった。分の悪い博打とは、どういう言い草だ。まともに精進《しょうじん》したところで芽が出なくて当たり前ということか。

気を鎮《しず》めようと息を吸ったら、思いのほか大きな音がした。赤ら顔が振り向き、左千夫を見て目を泳がせた。職人も気づいた。狐目の男はわざとらしい咳払いをして、素知らぬ態をよそおっている。

「――忘れ物をして」

言い訳をしながら中へ入った。

「あ、ああ。こいつのことかい」

職人が自分の脇にある荷物に目を留め、持ち上げた。

「すみません」

卑屈《ひくつ》になることはないはずなのに、つい口から詫びが出た。愛想笑《あいそ》いまで浮かべてしまうとは、我ながらつまらない男になったものだと思う。前は違った。怪我で腰を痛めてからというもの、左千夫には人の顔色を窺う癖がついた。

勝てなくなれば相撲取りはおしまいだ。無駄飯を食わせてもらうわけにはいかないから相撲部屋を出た——といえば格好もつくが、要するに、親方に引導を渡されるのが怖くて、こうして逃げてきたのである。そんな体たらくでは馬鹿にされても仕方ない。

「では、これで」

荷物を受け取り、左千夫が店を出ようとすると、職人の声に引き止められた。

「悪かったな。何も知らずに励ましたりしてよ」

「いえ」

「頑張れよ。世の中、悪いことばっかりじゃねえから」

「ありがとうございます」

「それだけのいい体だ、いくらだって仕事があるはずだぜ」

気のいい男なのだろう。親切心で言っているのが、声にあらわれている。うなずき返しつつ、左千夫は職人の目を見返せなかった。

「そうそう、この御方の仰る通り」

赤ら顔が作り声で追従《ついしょう》した。

「一から出直せばいいんです。相撲取りだけが商売じゃない。腐らずにいれば、いずれまた、いい目が出ることもありますよ」

うるせえよ――。

腹の中でつぶやいた。

下手な慰めは鬱陶《うっとう》しいだけだ。左千夫は曲がりなりにも幕内入りしていた相撲取りである。生涯をかけるつもりで精進していたのだ。たやすく気持ちが切り替えられるなら苦労しない。

正面切って野次《やじ》られるなら、まだいい。取り組みでも慣れているから耐えられる。が、同情されるのはきつい。いったい何がわかると、思わず怒鳴りつけたくなったとき。

「そういうのを余計なお節介《せっかい》というのですよ」

ぴしゃりと、おしげが答えた。

「一から出直せばいいだの、いずれまたいい目が出るだの、当てずっぽうの占いじゃあるまいし、教訓にもなりゃしない。ま、わたしが言うなら年寄りの繰《く》り言《ごと》で、お若い方も聞き流してくださるかもしれないけれど」

「何だと！」

職人がいきり立ち、腰を上げた。せっかくいい気分で話していたのをおしげに水を差され、怒っている。職人は眉を吊り上げ、頬を硬くして、おしげを睨《ね》めつけていた。今にも食ってかかりそうな気配だが、おしげは怯《ひる》まず、つんと顎を上げ澄まし返っている。

場の空気が悪くなったところへ、ひょっこりと平助が顔を出した。

「すいませんねえ、うちの女将は口が悪くて」

白髪頭を掻きながら、お客とおしげの間に割って入る。

「女将がなくした倅《せがれ》が、ちょうどこちらのお相撲さんくらいの年頃なものだから。つい熱くなっちまったんですよ。許しておくんなさい」

「倅さんを？」

「そうなんです。親孝行の出来のいい倅さんでね。女将の自慢の息子さんだったんだが。まあ、世の中、一寸先は闇だから」

「平助」

「いいじゃないですか。女将より俺のほうが年寄りだ。じきに還暦。この世がままならねえことは、ここにいる誰より知ってますぜ。――なあ、おしげさん」

「確かにね」

おしげはしんみりうなずくと、

「思い通りにいくことのほうが少なかったわね」

「だろう？　生きてくってのはそんなもんだよ。楽じゃねえ」

飄々《ひょうひょう》とした平助の言葉は、店のお客たちにも効いたようだった。

「確かになあ」

職人は棘《とげ》を抜かれたみたいな面持ちでつぶやいた。腹を立てる気も失《う》せたのか、ふたたび長床几に腰を下ろす。

左千夫と目が合うと、おしげは細い顎を引いた。お行きなさい。そう言っているのだろう。

ありがとうございます――。

口の中で礼を告げ、左千夫は背を向けた。おけいとおしげが見送る気配がしたが、振り返らなかった。後ろ手で戸を閉め、大股で歩き出そうとした拍子に、目の前に菅笠《すげがさ》をかぶった人影があらわれた。

左千夫は息を呑み、咄嗟に足を止めた。危ないところだった。この体格で人にぶつかれば怪我をさせる。が、目の前の人は平然としていた。

「相変わらず、せっかちな奴だな」

「親方……」

「おうよ」

低い声で返し、親方は笠の下の顔をほころばせた。少し下がったところに女将さんもいる。

「どうしたんです」

まさか見つかると思わなかった。左千夫は親方と女将さんの顔を眺めた。

「それはこっちの台詞《せりふ》だ」

部屋を出るときから、跡をつけられていたのだろうか。気取《けど》られないよう、昨夜はいつも通りに振る舞い、足音を忍ばせたつもりだったのだが。

わけがわからず棒立ちになっている左千夫の姿がおかしいのか、女将さんが笑った。

「もう、鳩が豆鉄砲を食ったような顔して」

「まったくだ」

親方もニヤニヤしている。

「わたしたちを誰だと思っているんです。親ですよ。あなたの行きそうな先くらい、見当がつきます」

女将さんは言い、首を伸ばして左千夫を見上げた。親方の足に合わせ、ここまで精一杯急いできたのかもしれない。息を弾ませ、頬を上気させている。

3

おしげは、親方と女将さんを小上がりに案内した。

「さ、あなたも」

有無を言わせぬ面持ちで左千夫を促し、ぽんと尻を叩く。まるで子ども扱いだ。

「ごめんなさいね。手がここまでしか上がらないものだから」

澄まし声で言い訳し、ひらひらと手を肘の高さで振ってみせたが、たぶん嘘だ。

おしげはまるで悪びれない顔をしている。一見したところ老けた雛《ひな》人形のように楚々《そそ》としているが、平気な顔をしてお客を叱りつけるところといい、何とも肝の据《す》わった人だと左千夫は思った。

　小上がりにおけいがほうじ茶を出しに来た。

「左千夫が食べたものと同じのをください」

　女将さんがおけいに言う。

「かしこまりました」

　心得顔で返し、おけいは厨へ戻った。ご飯の炊き加減も、左千夫の好みに合わせて硬めにする気らしい。

「よさそうな店じゃないか」

「そうね。ほうじ茶も丁寧に淹《い》れてあって、いいお味」

「ああ、旨いな」

　親方と女将さんがくつろいでいる向かいで、左千夫は身を硬くしていた。二人を前にどんな顔をしていいのかもわからず、縁談の顔合わせの場に引っ張りだされた娘さながら、もじもじするばかり。

　とどのつまり、左千夫の出奔《しゅっぽん》は見破られていたわけだ。様子がおかしいことには前々から気づいていたのだという。昨日の晩もいつも通りに振る舞ったつもりだったが、親方や女将さんにすれば明らかにおかしかったらしい。

「わたしたち、夜が明ける前から左千夫を見張っていたのよ」

女将さんは娘じみた上目遣《うわめづか》いをして言った。

「思った通り、部屋を出ていくなんてねえ。――せめて、わたしたちに相談くらいしてくれてもよかったのに」

「すみません」

「謝ってほしいわけじゃないのよ。ただ、ちょっと寂しいな、って」

左千夫は目を伏せた。

「――すみません」

「お前、どこへ行くつもりだ。渡し場へ来たからには舟に乗るんだろ」

親方が低い声で問う。

「江戸を出る気なのか」

下を向いたまま、左千夫は黙っていた。

「この先へ行くと奥州《おうしゅう》だぞ。お前、親類でもいるのか？」

「――いえ」

奥州にも江戸にも、どこにも親類などいない。

母親は左千夫を産んだときに難産がもとで死に、父親には捨てられた。祖父母がいるかどうかもわからない。どこかで生きているにしろ、顔も名も知らないのだからいないも同じだ。

「だったら、どうする」

左千夫は唇を噛んだ。うつむいていても、親方の視線を感じた。女将も左千夫を見ているに違いない。

「どうにでもなるだろうと思って」

ぼそぼそと答えると、親方はため息をついた。

「まったく。縁もゆかりもない土地へ行って、どうやって食っていくんだ」

「力仕事でもあれば」

「腰をやられているのにか？」

親方の声はあくまで静かだった。

「あのな、左千夫。お前はずっと相撲だけやってきたから知らないかもしれんが、世間はそれほど甘くないぞ。奥州は江戸と違って人も仕事も少ない。何のつてもなしに行ったところで、すぐ食い詰めるのが関の山だ」

そうかもしれない。

いや、おそらくその通りなのだ。

それで構わないと思った。相撲取りを辞めた自分にもう価値はない。もとより父親に捨てられたくらいだ。あのとき死んでいてもおかしくなかった。

親方と女将さんに拾われたおかげで、死なずに済んだ。川縁にしゃがんで泣いていた左千夫を立たせ、涙と洟《はな》で汚れていた顔を拭いてもらったときのありがたさは、いまだに忘れられない。声をかけられ顔を上げたとき、二人の顔には川面の光が反射し、まるで仏様のように見えたものだ。

「失礼いたします」

遠慮がちな声がして、小上がりに人が上がってきた。おけいとおしげだ。白い足袋《たび》が畳を踏むのを横目で見ていると、炊き立ての飯の匂いと天麩羅の匂いがした。

「温かいうちにどうぞ」

これは、おけいの声。

「息子さんのお好みに合わせて、衣は厚くしましたからね。天つゆはあつあつですから、くれぐれも火傷《やけど》なさらないよう」

こちらは、おしげだ。

息子だなんて――。

おかしな勘違いだ。聞き流してもいいようなものだが、二人のために正しておこうと左千夫が顔を上げると、先に女将さんが口を開いた。

「ま、嬉しい。うちはいつも衣の厚い天麩羅なんですよ。左千夫が好きなもので」

「衣が薄いと物足りないんだ、左千夫は」

親方まで口を添える。

「男の人はそういう方が多いですよ。お父さんもお好きなんでしょう、衣の厚い天麩羅」

おしげが言うのに、親方が照れ笑いする声がした。

「わかりますか」

「親子は同じものを食べて育ちますもの、味の好みが似るのも道理ですよ。では、ごゆっくり」

膳に茶碗や天麩羅の皿を並べると、おしげとおけいはさりげなく障子を閉め、小上がりから下がった。

「さあ、いただきましょう」

「うむ」

女将さんと親方が箸を取り、食事を始めた。

「ま、おいしい」

「いいのは腕だろ。飯屋なんだから」

「ええ、お味噌汁も。出汁《だし》がしっかりして、鰹節《かつぶし》がいいのかしら」

「飯がうまいな」

「それもそうね」

左千夫が顔を上げると、女将さんが目許《めもと》をほころばせた。

「よかったら、あなたも食べる?」

天麩羅の皿をこちらに差し出してくる。

「食え、うまいぞ」

親方も言う。膳には左千夫の分の箸と皿も置いてあった。親方は自分の皿から、長芋と筍の天麩羅を分けてくれた。

あのときと同じだった。

二十年前——五つだった左千夫を部屋へ連れていき、女将さんが最初に出したのが天麩羅だった。

気分屋の父親との二人所帯で、常にびくびくしていた左千夫は、人見知りをする子どもだった。小柄で優しい面立ちの女将さんはともかく、巨体の親方は怖かった。絵双紙《えぞうし》に出てくる鬼のように思えた。

ここで下手に飯を食べたら、後でどうなるかわからない。

父親はいつ怒り出すかわからない男だった。親方も同じかもしれない。そう怯《おび》える気持ちもあったが、目の前で湯気を上げている天麩羅を見たら、辛抱が切れた。本当にお腹と背中がくっつきそうなくらい空腹だったのだ。

女将さんに箸を持たせてもらった途端、左千夫は飯に食らいついていた。天麩羅は口の中でさくりと音を立て、衣も具も舌が焼けるようだった。白い飯と味噌汁のおいしさにも感動したが、天麩羅というものがこれほどうまいとは、左千夫は知らなかった。とにかく熱くて、一口食べるごとに腹の中がぽっぽと温まった。

だから天麩羅なのだ。

左千夫にとって、一番の思い出の味である。

幼かった自分の姿を瞼の裏に浮かべると、いじらしくて涙が出そうになる。背を丸めて、必死に箸を動かしていた五つの自分。腹も気持ちも満たされることの幸せを、あのとき左千夫は生まれて初めて知ったのだ。

その後もたくさん旨いものを作ってもらったが、やはりあの日の味は特別だ。屋台の天麩羅には見向きもしなかったが、江戸を離れると決めたら食べたくなった。

長芋の天麩羅はすんなり腹に収まった。筍も。左千夫にとって天麩羅は命をつないだ食べものだ。

二人に拾われ、自分は助かった。ここまで生きてこられたのも、親方と女将さんのおかげだ。なのに相撲取りとして育ててもらい、さあこれからというときに怪我をして、結局損をさせてしまった。

「左千夫」

女将さんに呼ばれ、顔を上げた。

「あなたのことは実の息子と思っているのですよ。二十年前に橋場の渡しで会ってからずっと。黙って出ていくなんて、水臭いじゃないの」

それは言い過ぎだ。左千夫は鼻を鳴らしたくなった。弟子は大勢いるじゃないか。そう思っているのが顔に出たのか、女将さんは声を尖らせた。

「そうでなければ、ここまで追いかけてきませんよ。春場所を目前に控えたこんな時期に」

親方はここへ駆けつけるために、知り合いに頭を下げ、代稽古を頼んだのだという。

「す、すみません」

そうと知り、左千夫は青ざめた。

「心配するな。稽古はしっかりつけてもらうよう頼んである」

狼狽して汗をかく左千夫に、親方は言った。

「部屋にいるのがきついか」

左千夫はふたたび目を伏せ、返事をしなかった。が、それこそ肯定の証《あかし》。親方は左千夫の胸のうちを読んだのか、さらに続けた。

「大関を目指していたくらいだ、お前の悔しい気持ちはわかる。けどな、相撲は辞めた後のほうが、ずっと長いんだ。自棄《やけ》になるな。俺を見ろ。お前ほどの才はなかったが、それでも相撲を辞めたときは悔しかったんだぜ。でも、今は何ともねえ。意外と立ち直れるもんだぜ」

きっと親方の言うとおりなのだろう。が、まだうなずけない。朝起きて腰が何ともないと、ひょっとして治ったのかと、つい期待してしまううちは相撲から離れていたほうがいいと左千夫は思う。

「相撲が取れなくなったからって何ですか。そんなこと、気に病まなくていいのよ。誰だっていつかは引退するんだから。相撲を辞めても、左千夫は左千夫でしょう。あなたがいなくなったら、寂しくて気がおかしくなるわ。ねえ、左千夫。後生《ごしょう》だから、わたしたちと一緒に戻ってちょうだい」

女将さんは切々と訴えた。

「お前のことだ。どうせ、迷惑をかけることを気にしたのだろうが、親子の間でそういう遠慮は無用だ」

普段は無口な親方まで、かき口説《くど》いてくる。

「ね、帰りましょう」

「俺たちはお前にいてもらいたいんだ」

親方は熱心に念を押した。

相撲を取れなくなった自分に居場所はないといじけていた胸に、女将さんと親方の言葉が染みた。本当にいてもいいのか。邪魔になるだけではないのか。信じていいのかと、これだけ言われてもなお、二人の言葉を疑う自分がいる。

駄目だな、俺は――。

大切に育ててもらったのに、捨て子根性が抜けきらない。

頭ではわかっている。親方と女将さんを信じて大丈夫だと。

それでも腰が退《ひ》けるのは、左千夫が自分を見下しているからである。実の父親が置き去りにするくらいだ、自分はいらない子だったわけだ。そんな身の上で、相撲取りになれたのがそもそも分不相応《ぶんふそうおう》だったと、左千夫は思っている。馬鹿らしい。

親方に言えば笑い飛ばされそうだが、子ども時分に受けた悲しみは、案外しつこく染みついている。

そんな惨《みじ》めったらしい気持ちは、いい加減、振り切りたい。

そのために行くのだ。気がつくと、左千夫は泣いていた。二十五にもなった男が目に拳を押し当て、しゃくり上げた。

4

橋場の渡しで舟に乗るときも、親方と女将さんはまだ心配げな顔をしていた。

「本当に行くのか」

「はい」

左千夫はきっぱりと返事をした。

「苦労するぞ」

「わかってます」

「何だ、苦労したいって顔だな」

「まあ——、そうです」

口で言うほどたやすくないことは承知しているつもりだ。

左千夫が知っているのは相撲だけ。取り組みで負ける悔しさと、これから先の苦労の味はきっと違う。が、親方の言ったとおりこの先のほうが長いなら、どうにか生きていくしかない。

相撲を辞めたとき、左千夫は親方と女将さんから部屋に残るよう乞われた。

取り組みは無理でも、稽古の相手ならできる。左千夫ならきっといい指南役になれると、親方は説いた。部屋には弟子が大勢おり、親方一人では手が足りない。左千夫が手伝ってくれるなら大助かりだ。

親方のその言葉に嘘はないと思う。

一度は引き受けようと胸に決めた。が、いざ稽古場に立ってみたら駄目だった。

自分より年上の兄弟子が頑張っている姿にも、まだあどけない顔の弟弟子にも嫉《しっ》妬《と》を感じた。腰の怪我さえなければ、自分も同じように稽古しているはずなのにと、胸が焼けてならなかった。そんなことでは、とても指南役などつとまらない。親方の言葉に甘えて部屋に残っても、早晩しくじったに違いない。

左千夫は相撲を辞めてから博打を覚えた。

部屋にいると息が詰まり、やむなく外を出歩いていたら声をかけられ、賭博場《とばくば》に

う。出入りするようになった。大きな鴨《かも》が葱《ねぎ》を背負って歩いているふうに見えたのだろ

左千夫はまんまと穴に嵌《は》まり、相撲で作った蓄えをほとんどなくした。借金を作る前に止められたのは、勝ち負けで生きてきた勘が働いたからだ。このまま続ければ大火傷する。左千夫は本当の深間に落ちる寸前で、博打から足を洗った。江戸を離れようと決めたのはそのせいもある。

親方はむろん博打のことを知っている。どうにか左千夫を引きずり出そうと、柄《がら》の悪い男が何度か部屋にやって来た。そのうち見なくなったのも、親方が追い払ってくれたからだと後から聞いた。

博打の尻ぬぐいまでしてもらうとは情けない。親方はかつて自分も相撲取りだったから、左千夫の失意に覚えがあり、見逃してくれたのだと思う。

女将さんはさっきから泣いている。いつもは親方の後ろに下がっているのに、前へ出て、川縁の際に立っているのだから危なっかしい。

「そんなところにいると、川に落ちますよ」

左千夫は女将さんに言った。

「だって――」

鼻の頭を真っ赤にして、女将さんが目をしばたたく。

「これが今生《こんじょう》の別れになるかもしれないと思うと」

「大袈裟《おおげさ》な奴だな。何も今日を最後に生き別れになるとは限らないだろう」

鷹揚《おうよう》な口振りながら、親方は探るように左千夫を見た。そうだよな？　と目顔で訊いている。

「きっと帰ってきます」

「本当？」

左千夫の返事に女将さんは食いついてきた。袖を掴み、舟へ乗せまいとする。

「本当です」

うなずいても女将さんは袖を離さなかった。

「約束よ」

「はい。必ず帰ります」

目を見てしっかり答えると、ようやく女将さんは左千夫の袖を離した。それでもなお名残惜しそうに川縁に立っている。

「待っていますからね。約束よ、きっと帰ってくるんですよ」

「ともかく体には気をつけろ」

親方が言った。

いつも通りの声色で平静な顔をしていたが、ふとまばたきをしたとき、顔にさっと寂しさがよぎった。その様子を見て、卒然《そつぜん》と左千夫は悟った。

そうか――。

弟子の中で十枚目まで昇ったのが左千夫だけだから、重宝《ちょうほう》してくれていたわけではない。親方はずっと前から、自分のことを本当に息子だと思ってくれていたのだ。もしかすると、端《はな》からそのつもりで拾ってくれたのかもしれない。

「わかったな」

「はい」

返事をしたら、鼻の奥がつんとした。目の縁に熱いものが溜《た》まる。しばしの間、左千夫と親方は無言で眼差《まなざ》しを交わし合った。

いつか――、この悔しさも昔のことになる。

生きることの苦さに慣れ、それでもやっていこうと思える日が来る。そうしたら二人のもとへ帰ればいい。帰れる場所があるのは幸せだ。こうして旅に出る今、そのありがたさを痛感する。

雲間から、またお天道さまが覗《のぞ》いた。明るい日が降り注ぐ。暗く沈んでいた川面がきらめき、心地いい風が音を立てて吹いた。空の高いところで鳥が鳴き、さらに上を目指して羽ばたいていった。

大丈夫――。

惨《みじ》めな思いも、そのうち自分の宝になる。それだけ頑張った証じゃないか。悔しくて当たり前。日の加減で川が色を変えるように、いずれ気持ちが切り替わるときが訪れるはずだ。

いい旅にしよう。知らない土地でたくさん汗をかき、がむしゃらにやってみるのだ。そうすれば、そのうち相撲取りだった自分を懐かしく思えるときが来る。五つのときに父親に捨てられた悲しさも、今では昔のことになった。それと同じだ。ひたすら力を尽くせば、やがて何か見えてくるに違いない。

そうしたら部屋に戻ろう。旅が終わる頃には、新しい気持ちで弟子と向き合える。素直に信じることができた。

左千夫は舟に乗った。

船頭は中年の男だった。目方の重い左千夫が乗ると、舟は大きく傾《かし》いだ。船頭は「おっ」と声を上げたが、大股で踏ん張った。舟は十人乗りだが、客は左千夫一人だった。腰に負担をかけないよう、そろそろと尻をつける。

川縁では親方と女将さんが並んで立っている。

二人とも打ち沈んだ顔を並べ、食い入るように左千夫を見ていた。

馬鹿だったな――。

今さらながら思う。

親方と女将さんの気持ちを疑うなんて、親不孝にも程がある。どう見ても、子を見送る親の顔じゃないか。置き手紙もせず、黙って部屋を出てきたのは単なる甘えだ。どうせ捨て子だの、相撲取りでなくなったら役立たずだの、拗《す》ねていられたのは、要するに、左千夫も二人を実の親だと思っていたからだ。

「行ってきます」

口の脇に手を当て、左千夫は声を放った。

親方はうなずき、女将さんは口を歪《ゆが》めた。懸命に笑おうとしているのに、涙が出て困る。そんな顔だ。

「母さん」

小さな声で呼びかけると、女将さんが手を振った。その横で仏頂面《ぶっちょうづら》の親方が自分の顔を指す。照れ笑いを返すと、親方が手を耳に当てた。聞こえないぞ、と言いたいのだろう。

「父さん！」

中腰になって叫んだら、舟が揺れた。川縁で親方の大きな笑みが弾《はじ》けた。女将さんも涙でぬれた頬をほころばせている。

傍《はた》から見たら、ずいぶん子どもじみた親子に映るに違いない。船頭は艪《ろ》を使いつつ、ちらとこちらを見た。いい大人が何だ、と呆《あき》れているかもしれない。構うものか。五つのときに出会い、二十年経ってようやく親と呼べたのだ。

「で、どちらへ着けましょうか」

船頭に問われ、左千夫は答えた。

「ひとまず向こう岸まで」

その間に行き先を考えるつもりだ。

ともかく江戸を離れる気でいたが、今となっては行き先にこだわりはない。がむしゃらに働く。それだけだ。いずれ部屋に戻ることを考えると、鍼灸師の下について学ぶのもいいかもしれない。自分のように怪我をした弟子の役に立てるようになれば、親方——父さんも喜ぶだろう。

5

舟が遠ざかるのを待って、おけいは二人に近づいた。

「あの」

そっと声をかけると、親方と女将さんは同時に振り向いた。二人とも目を赤くしている。

「よろしければ、こちらをお持ちください。お土産なんです」

おけいは笹の葉でくるんだ包みを差し出した。

「息子さんの分もお作りしたんですけれど、つい渡しそびれてしまって。一緒にお持ちしました」

女将さんが口許に笑みを浮かべた。丁寧な仕草で包みを解き、「まあ」と声を上げた。

「可愛い――」

「ほんの一口分ですけれど」

お土産は雛祭りにちなんだものである。

小さく結んだ丸いおにぎりに海苔《のり》で目鼻をつけ、薄焼き卵の衣を着せた。お内裏《だいり》様には菜の花の笏《しゃく》を、お雛様には蓮《はす》の扇《おうぎ》を持たせてある。舟で食べるもよし、お八《や》つに取っておくもよし。こうして二人が笑ってくれると、こちらも嬉しい。

笹の葉でくるんだ包みは二つ。

「ま、こっちも可愛らしいこと」

もう一つは、桃色の薄切り大根を花びらの形に並べて載せた手鞠《てまり》寿司である。魚料理や主立ったおかずを作るのは平助だが、こうしたお土産はおしげやおけいが用意することが多い。

「桃の節供に合わせて母が作ったんです」

「嬉しい。うちの左千夫は男だけれど、雛祭りは元々厄払いのための節供ですものね。ありがたく頂戴いたします」

女将さんは、二つの笹の葉包みを押しいただくようにした。舟で旅立った左千夫の無事を祈っているのだろう。そんな顔をしている。

「いい息子さんですね」

おけいが言うと、二人は互いに顔を見合わせうなずいた。

「ええ。根性の据わったいい倅ですよ」

答えたのは親方だった。

そうだろう。

店で居合わせた客にあれこれうるさく話しかけられても、左千夫は辛抱していた。どうも怪我で相撲取りを辞めたらしく、相手をするのも胸中複雑だったに違いないのに。

小上がりで三人がどんな話をしたのか知らないが、おそらく左千夫は黙って去るつもりでいたのだ。そこへ女将さんと親方が追いかけてきた。事情はともかく、二人が間に合ってよかった。遠目に眺めた左千夫の顔は清々《すがすが》しかった。店にいるときは面持ちも硬く、暗い影がちらついていたが、両親に手を振る姿は明るかった。いい別れ方をしたのだ。

いずれ左千夫は旅を終え、この二人のもとへ戻る。

それを思うと羨ましかった。おけいはもう息子と会えないから。住んでいる町も家も承知していても訪ねていくことはできない。

離縁するとき約束したのだ。二度と息子――佐太郎《さたろう》に会わないと。手紙を出すのも、遠目に顔を拝むことも許されない。大事な跡取り息子に罪人の身内の母親がいては、先行きに差し障る。

「それでは」

おけいに挨拶をしてから、女将さんは菅笠をかぶった。親方も太い顎を引き、会釈をして土手沿いの道を帰っていった。

「ありがとうございました」

二人の背に向かって声をかけ、おけいは腰を折った。顔を上げたとき、二つの背中で陽炎が揺れていた。

仲のいいご夫婦だこと――。

おけいは二人を見送りながら思った。まるで昔の父と母のようだ。女将さんは四十代半ばくらいか。その年頃のときはおしげもあんなふうだった。夫に寄り添う妻として生きていた。

若い頃、おしげは近所の小町娘と呼ばれていたという。今も色白な肌や細面の輪郭に美貌の面影が残っている。整った目鼻立ちは人形じみていて、自分の母親ながら目を惹《ひ》く面差《おもざ》しだと思う。

娘時分はずいぶん羨んだものだが、今では素直に感嘆している。五十の坂を越えているというのに、おしげはいまだに美しい。口の脇にはうっすら皺が刻まれているが、肌には染み一つない。

地味な木綿を着て、一日中襷《たすき》掛けをしていても、おしげの所作《しょさ》にはどこか品が漂うらしく、どうしてこんな渡し場で女将をしているのだと不思議がる者も多い。おけいの生家は日本橋にあった。大きな商いをしており、羽振りがよかった。当時の知り合いが今の暮らしを見たら、どんな顔をすることか。

桃の節供が近づくと、今でも思い出す。おけいが生まれたときに、父の善左衛門《ぜんざえもん》が京の職人に作らせた五段飾りの見事な雛人形や、こっそり舐めさせてもらった白酒《しろざけ》の味。頬がとろけるような菱餅《ひしもち》。あの雛人形はもうない。暮らしのために売ってしまった。

父の善左衛門が亡くなった後もお歯黒《はぐろ》を欠かさなかったおしげだが、ここで飯屋を始めて以来、歯を白に戻した。

お客に問われれば、夫は死んだと答え、孫もいない気楽な身だから、同じく独り身の娘と商いを始めたのだと言っている。それは嘘ではない。おけいにも夫はいない。

近所でも二人は仲のいい母娘で通っている。

初めのうちは、おけいとおしげの手際の悪さもあって苦労したが、平助が勝手場をやってくれるようになってから少しずつお客も増え、それなりに流行《はや》る店になった。

越してきたばかりの頃は、やや遠巻きに様子を窺っていた人たちとも、今では顔を合わせれば気軽な世間話をする仲になった。陰では何だかんだと詮索をしているのかもしれないが、少なくとも自分たちの耳に入ってくるほどではない。渡し場という、旅人を相手にする土地柄のせいか、人付き合いがさっぱりしているのが住みやすい。

日本橋の生家のことは平助も知らない。すべて終わったことだ。

川は一日に何度も色を変える。きらきらと光っている水面が、まばたきする間に暗い色になることをここに暮らして知った。人の浮き沈みもそんなものだと思う。

おしげとおけいは渡し場の飯屋の女将とその娘。それでいい。そう自分に言い聞かせながら過ごすうち、おしげは五十三に、おけいは三十五になった。

「さて」

声に出して言い、気を取り直した。そろそろ店に戻らないといけない。いつまでも油を売っていたら、おしげに叱られる。

そう思った矢先、こちらへ向かってくる一艘《そう》の舟に目が留まった。

黒っぽい着物の男が艪を漕いでいる。長身だ。顔は菅笠に隠れていてよく見えない。この渡し場で下りる気配はなかった。おけいは息を詰め、船頭が目の前を去るまで見送った。

違った――。

船頭は四十近かった。別人だ。それを確かめ、ようやくおけいは川縁から離れた。

店の前に来ると、白木の看板が目に入る。

『しん』

店の屋号はおけいの弟、新吉《しんきち》の名からつけた。

江戸を所払《ところばら》いになった新吉が、いつの日か戻ってきたとき、看板を見て足を止めてくれるように。そういう願いがこもっている。

平助にはときおりお嬢さん育ちだとからかわれるが、自分はそんないいものではないと、おけいは思う。見た目が丸顔のお多福《たふく》で動きが鈍いから、苦労知らずに見えるだけだ。お嬢さんだったのは昔の話。『しん』では愛想のいい若女将で通っているが、お腹の中には出戻り女としての澱《おり》がある。

最後に会ったとき、新吉は二十五だった。三つ下の弟の顔は、おけいの中では若さの残る青年のままである。

生きていれば三十二。

きっと今では別人に違いない。苦労は人を変えるから。

ともに育った弟をそんなふうに思うことが後ろめたい。そういう自分が嫌で、こんなうららかな日差しの下にいると、よけい虚《むな》しい気持ちにかられる。

あの日もこんな空だった。晴れていると思えば曇り、曇ったかと思えばまた晴れて、何とも落ち着かない陽気だった。


新吉が江戸十里四方払いの裁定を下されたのは七年前、天明四年（一七八四）の冬のこと。小春日和《こはるびより》の暖かい日だったが、おけいの胸には寒風が吹きすさんでいた。

人目につかないよう、早朝に新吉は発った。

ここ橋場の渡しから舟に乗り、江戸を出ていった。見送りはおけいとおしげの二人だけ。乗り合わせる旅人もなく、新吉はぽつんと舟の隅に腰を下ろしていた。新訳ありの客と見てか、船頭がちらりとこちらへ向ける視線が煩《わずら》わしかった。新吉が乗った舟に向かい、おしげが泣き声を振り絞っていた。そのまま川へ入って追いかけていきそうな勢いで、おけいは両肩を掴み、必死に宥《なだ》めたものだ。

「新吉、新吉——」

後にも先にも、おしげがあれほど取り乱す姿を見たことがない。日本橋瀬戸物《せともの》町《ちょう》の飛脚問屋『藤吉屋《ふじよし》』の美人女将として、界隈《かいわい》でも誉れ高かった母が、涙と洟で顔を汚して息子の名を呼び続けた。

哀れだと思いつつ、おけいは腹の中で突き放していた。罪を犯した者が罰を受けるのは世の理《ことわり》だと。

どこへでも行けばいい――。

震えるおしげの肩を抱きながら、おけいは胸のうちで捨て台詞を吐いた。自分が辛いからと、新吉を恨もうとしたのだ。


ぼんやりしている間に、また川の色が陰っていた。

渡し場を行き交う舟を見ていると、どうしても目が吸い寄せられる。が、いつまでこうしていても切りがない。

今度こそ戻ろうと、おけいは踵《きびす》を返した。

歩いていると、向こうから旅人がやって来た。

武家らしい二人組である。いずれも姿勢がよく、顔つきが締まっている。一人は五十年配で、もう一人は三十代半ばに見えた。ひそみ声で何事か話している。

すれ違いざま、赦免《しゃめん》と聞こえた。

その声に胸を衝《つ》かれ、おけいは足を止めた。

武家の二人が新吉のことを話していたはずもない。が、声は耳に鋭く刺さり、心《しん》の臓《ぞう》が昂《たか》ぶった。この反応こそ、勘が当たっている証のように思えた。

江戸十里四方払いはそのうち解ける。

新吉もいずれ帰ってくるはずだ。

ひょっとすると、もう戻っているのかもしれない。

裁定が下され、七年が経った。罪を許されていい頃だ。そう考えると、さっき見送った舟に新吉が乗っていた気がしてくる。あの黒い着物の男だ。

慌てて道を戻り、ふたたび川縁に立っても、舟は既に去っている。

冷静になれば、あの黒い着物の男が新吉のはずはない。いくら七年経っても、一人きりの弟を見間違えるものか。

そう思いながらも動悸《どうき》がした。

奥州から戻った新吉が立ち寄るとすれば千住大橋。そこから目と鼻の先の橋場の渡しまで、舟を使うはずもない。

でも――。

新吉が戻ってくるとしたら。

既に生家の『藤吉屋』は人手に渡っているが、一目だけでもと瀬戸物町へ向かうときに、渡し舟に乗るかもしれない。ここで自分を見送った、おしげとおけいの面影を追おうと、橋場の渡しで降りるかもしれない。

今となっては、おけいには新吉の頭の中など読めなかった。

どこで、どうしているのだろう。

いざ江戸にいるのではないかと思うと、痛切に懐かしさが募った。

会いたい――。

川風に煽《あお》られつつ、焦げつくように思った。本当はずっと新吉に会いたかった。

おけいは昂《たか》ぶる胸を手で押さえ、隅田川を滑る舟を目で探した。

第二話　梅雨明け

1

　昔、この辺りの茶屋に「お松《まつ》」という看板娘がいたらしい。

　色白のおたふく顔で、目鼻立ちはどうということもないけれど、とにかく声が可愛かったそうだ。体も小さく、輪をかけて手足の小さいのが人形じみているのに、生意気な口を利くのがいいのだと聞いた。

　ことに年配のお客にお松は人気があり、誰が落籍《らくせき》するか、周囲で賭けをする者もいたという逸話《いつわ》まで残っている。

　今となっては昔話だ。

　お松はとうに茶屋を辞めてしまい、存命かどうかもわからない。当時を知るお客もほとんどおらず、茶屋の誰もお松を知らない。年寄りが「昔はよかった」と言うのは常のことで、語るたびに話が大袈裟《おおげさ》になっていくものだから、お松の逸話もどこまで本当か。疑わしいものだと、おちかは思っている。

今日も暑くなりそうだ。

外で山鳩《やまばと》が鳴いているのを聞きながら、おちかは目を覚ました。障子窓の向こうは薄暗い。夜明けとともに起床するのが、毎日の慣《なら》わしである。十二で茶屋に入ってからというもの、おちかはずっとそうしてきた。

顔を洗い、鏡に自分の顔を映す。

十五のおちかの肌は、寝不足でも冴《さ》え冴《ざ》えとしている。

白粉《おしろい》どころか、糸瓜《へちま》水をつけなくても十分なのにと思いつつ、おちかは練り白粉を指に取った。とんとんと叩くようにして肌にすり込み、刷毛《はけ》を使って首へ白粉を引く。鏡の中の顔が、おちかから、まめ菊《ぎく》に変わる。

桃割れに結った髪をととのえ、びいどろの簪《かんざし》を挿《さ》した。鏡の前で顔を作り、襟元を整える。半襟《はんえり》をわずかにくつろがせ、最後に合わせ鏡で後ろ姿を確かめた。赤い飴玉《あめだま》みたいな簪は、障子窓越しの日差しを受け、なめらかに光っている。

姉貴分の芸者には子どもっぽいと言われたが、おちかは気に入っていた。びいどろの簪はいかにも夏らしくて涼しげだ。今日はこの簪に合わせて、あっさりとした白麻の着物にしよう。草履《ぞうり》の鼻緒は赤にして。一日が始まったばかりだというのに、もう夜が待ち遠しい。今日は康次郎《やすじろう》が茶屋に来るのだ。

おちかが芸者をしている『松屋』は、隅田川のすぐ目の前、竹町《たけちょう》の渡し場を見下ろす土手沿いにある。界隈《かいわい》には、他に『藤村屋《ふじむらや》』『石黒屋《いしぐろや》』と二つの茶屋が立ち並び、それぞれしのぎを削っている。

昔、『松屋』は『竹屋《たけや》』だったのだが、人気芸者のお松の名にちなみ、屋号を変えたらしい。店に名がつくのだから、大した芸者だ。それはおちかも認める。でも、決して羨ましくはない。芸者として売れるより、早く足を洗って堅気《かたぎ》に戻りたいのだ。おちかは芸者としての出世には無関心だった。家の都合で茶屋へ売られてきたものの、まめ菊としての自分には隔たりを感じている。

親の借金を返すため、三味線《しゃみせん》や小唄《こうた》の稽古に励んでいるものの、どうにも腕が上がらないのは、胸の底にそうした気持ちがあるせいだ。幸い器量よしで、お客の受けがいいから許されているものの、姉貴分の芸者からの受けはよくなかった。いつまでお嬢さん気取りでいるつもりなのかと、陰口を叩かれているようだが、何を言われてもいい。お嬢さん気取りで結構。どのみち茶屋奉公もあと少し。おちかには決まった人がいるのだから。

「おや、今日は調子がいいようだね。よく声が出てる」

小唄の師匠にも褒《ほ》められた。

「嬉しいことでもあったのかい」

四十絡みの色っぽい師匠は、含み笑いで探りを入れてきた。

「そんな。特に何も」

「正直な子だねえ。顔が赤くなったよ」

師匠にからかわれ、おちかは照れた。言われるまでもなく、耳たぶが熱くなっていることは自分でも承知している。

「ふうん」

茶屋の近所のしもた屋で小唄を教えている師匠も、芸者上がりだ。旦那はいるが、正式な女房ではない。庭付きの平屋に住み、いつも綺麗にしているものの、自分が四十になったときにこういう暮らしをしていたくはない。

所詮、茶屋と地続きではないか。通っている弟子も、おちかのような芸者ばかり。それで足を洗ったと言えるのか。

内心で考えていることが顔に出たのか、師匠は興醒めしたような目をした。

「気をつけなさいよ、まめ菊。あんたはまだ半人前だろ。お尻に卵の殻をつけているうちは、黙って芸に励むもんだよ。自分で気づいているかどうか知らないけど、あんたは声がいいんだから。真剣にやれば、『松屋』で一番になるのも夢じゃない」

「――はい」

素直にうなずいたのだが、師匠は鼻を鳴らした。

「気のない返事だねえ。ま、いいけどさ」

低い声で言い、おちかの顔をじろじろ眺め回す。

「何です？」

どうにも居心地が悪い。無遠慮な視線にちくちくと刺され、おちかは襟首をかき合わせたくなった。

「別に」

師匠は投げ出すような口振りで返し、ついでのように「桂《か》つ扇《お》姉さんも苦労するね」と、つぶやいた。聞こえよがしな独り言だ。返事をしたほうがいいのかと、おちかが逡巡《しゅんじゅん》していると、師匠は何もなかったように、きゅっと口の端を吊り上げた。

「よくできました。今日の稽古はおしまい」

「ありがとうございました」

「また明日ね」

愛想笑いを浮かべつつ、師匠はぞんざいに手を振った。

「失礼いたします」

何がいけなかったのだろうと訝《いぶか》しみつつ、おちかは畳に手をつけ頭を下げた。怒らせたのならと、いつもより丁寧にお辞儀したが、頭を上げたときにはもう師匠はこちらに尻を向けていた。

いつもより声が出ていると褒めてくれたのは、いったい何だったのか。顔を赤くしたのがそれほど失礼なことなのか、おちかは唖然《あぜん》とする思いがした。

これだから年増《としま》は嫌なのだ。

若い娘というだけで嫉妬《しっと》して、皮肉な物言いをしてきてかなわない。くさくさした心地で師匠の家を後にしたおちかだが、空に大きな入道雲が浮かんでいるのを見て、あっさり機嫌を直した。

じきに梅雨《つゆ》も明けるわね――。

そうしたら蛍《ほたる》狩りに連れていくと、康次郎に言われている。そのことを思い出したら胸が晴れた。憎たらしい師匠のことも忘れ、おちかは大きく息を吸った。空に向かって笑いかけたくなる。

土手沿いの道はいつでも水の匂いがする。

親に売られたばかりの頃はそれが嫌だった。おちかが両親と暮らしていた京橋《きょうばし》とは、町の匂いからして違う。少しでも長雨が続くと、茶屋では川が溢《あふ》れないかと心配する。生家にいた頃はそんな心配とは無縁だった。

今日は草の青々とした匂いが道いっぱいに溢れている。盛夏に近づいた印だ。

季節の移り変わりは風の匂いでわかる。冬から春になるときは、雪が解ける匂いがする。そういうことも、茶屋へ来て初めて知った。

おちかは老舗《しにせ》の小間物《こまもの》屋の一人娘としてお蚕《かいこ》ぐるみで育った。お花やお茶のお稽古も、師匠が家に通ってくる形で、着物を誂《あつら》えるときも、呉服屋の番頭のほうから反物《たんもの》を抱えてきたものだ。おちかが外へ出るのは、花見や月見など、家族揃って出かけるときだけ。それ以外の日は屋敷に籠《こ》もり、上等な香《こう》と畳の匂いに包まれて暮らしてきた。

土手を下りていくと、水音が高くなる。

草履を脱いで爪先を揃え、よく磨かれた廊下を歩く。

「ただいま戻りました」

茶屋の女将の部屋の前で、おちかは手をついて挨拶した。

「お帰り。しっかりお稽古してきたかい」

女将の桂つ扇はこちらを振り返りざま、いつもと同じことを訊いた。

「はい」

慎ましく答えると、

「そうかい」

桂つ扇はおちかの目を覗くようにした。瞼にちりめん皺はあるものの、すっきりと目尻の切れ上がった美人で、目を合わせるたび、同じ女ながらどきりとする。

「今日は津本《つもと》屋さんがおいでになるんだよ。お前も呼ぶよう、お鈴《すず》に言ってあるから、そのつもりで支度なさい」

「かしこまりました」

手をついたまま答え、おちかは桂つ扇に頭を下げた。

津本屋とは、ここ『松屋』でも上得意のうちの一人のお客である。日本橋本石町《ほんこくちょう》で紙問屋をしており、主《あるじ》の文左衛門《ぶんざえもん》が姉さん芸者のお鈴を贔屓にしている。来るときには何人か仲間を連れてきて、派手に金を落としていく。

お鈴は齢二十二になる『松屋』の看板芸者で、文左衛門は旦那だった。月に数度、仲間を連れて遊びに来てくれるのだが、いずれお鈴を身請《みう》けするときには、もっと大きな金になる。桂つ扇はそれを期待して、津本屋が来る日には芸者を勢揃いさせてもてなすのだった。

衣装部屋へ行き、おちかは隅で振袖《ふりそで》に着替えた。薄暗がりで襦袢《じゅばん》をつけ、腰紐を結ぶ。衣装部屋は、人気の順に使える場所も鏡も決まっている。

看板芸者のお鈴は灯《あか》りを手許に置き、念入りに顔を作っている。その両隣に陣取っているのは、二番人気と三番人気の芸者。

半人前のおちかが使えるのは隅だから、灯りはほとんど届かない。

与えられた鏡は古く、曇っている。顔を近づけてもぼんやりとしか映らないが、若いおちかにはさほど不便はなかった。稽古に出かける前に白粉は塗ってあるのだし、髷《まげ》も髪結いに任せておけばいい。帯は下働きの女中が締めてくれる。おちかの支度はせいぜい頬紅を軽くたたき、紅をつける程度。

「まめ菊。あんた、それをつけてお座敷に出るつもり？」

支度を終え、衣装部屋を出ようとしたら、姉貴分の久代《ひさよ》に声をかけられた。

「え？」

「その簪、衣装に合わないじゃない」

久代は練り白粉の刷毛で、びいどろの簪を指した。久代の不躾《ぶしつけ》な仕草を見ないようにして、おちかは首を傾げた。

「そうでしょうか……」

「そうよ」

さも当然といった調子で久代は言う。

「いくらあんたが末席といっても芸者のうちなんだから。そんな安物をつけて出ていって、お鈴姉さんに恥を掻かせる気なの」

紅をつけた唇をゆがめ、久代はおちかを睨《にら》んだ。

「そんなつもりはありませんけど」

「けど何なの」

「びいどろは涼しげで、今の季節には合っていると思うんです」

「でも安物でしょ」

意地悪な声で久代は決めてかかる。

安物と連呼され、おちかは傷ついた。そのつもりで久代はわざと言っているのだ。誰からもらったものか察しているから、こんなふうに揶揄《やゆ》するのに違いない。

おちかが黙っていると、久代は立ち上がり、手を伸ばして簪を取った。あっ、と思ったが、咄嗟に体が動かなかった。

「何よ、その顔」

久代が舌打ちした。

「返すわよ、ほら」

つっけんどんに言い、久代はびいどろの簪を突き出した。おちかは震える手でそれを受け取り、きゅっと握った。

「礼の一つも言えないわけ。せっかく忠告してあげたのに」

のろのろと顔を上げると、久代は眉をひそめていた。また舌打ちされ、やっとびいどろの簪のことを言っているらしいと気づいた。

「ありがとうございます」

頭を下げたら、それきり上げられなくなった。屈辱で身が震えそうになる。生家にいた頃にはこんな扱いを受けたことはなかった。芸者に売られて三年目になっても、おちかはまだこうした理不尽に痛みを覚える。

うなだれていたら、いきなり桃割れに何かを突き刺された感触がして、おちかは跳び上がった。

「駄目よ、動いちゃ。髷が崩れるじゃないの」

さっきまでとは別人のような、優しい作り声で窘められる。

おちかはなすがまま、じっと頭《こうべ》を垂れていた。下手に動いて髷が崩れることになれば座敷へ出られない。

やがて衣擦《きぬず》れの音がして、久代は衣装部屋から出ていった。

頭を上げると、くらりとした。曇った鏡に映るおちかの顔は呆然《ぼうぜん》としている。桃割れには細い銀鎖を垂らした簪が挿してあった。鎖の先には小さな玉がついている。

手を伸ばすと、涼しげな音が鳴った。

2

襖《ふすま》が開き、にゅっと茶色い顔があらわれると、歓声が上がった。

「あらあ」

お鈴が目尻を下げ、白い手を差し伸べる。

「いらっしゃい」

甘い声で呼びかけると、子犬はお鈴のほうを向いた。真っ黒な目を興味深げに瞠《みは》り、鼻をひくひくさせている。

「さ、こっちよ」

両手を広げ、また甘い声を出す。お鈴とはよくつけたもので、とにかく声に艶《つや》がある。傍らの文左衛門はすっかりやに下がった面持ちで、一緒になって子犬を手招いた。

「では、お言葉に甘えて――」

お鈴の呼びかけに応じ、若い男が子犬の上に顔を出した。

「こら、お前のことじゃないよ。お鈴が呼んだのは犬だ」

「そうですか？　おかしいなあ」

悪びれた様子もなく、男はちょいと頭を掻いてみせた。おどけた仕草をしてもどこか品のよさが漂う。

「いいから入ってこい」

文左衛門に言われると、男は「はい」と明朗な相槌を打った。子犬をひょいと抱き上げ、男は座敷に入ってきた。上背はないが、垂れ目で笑うと何ともいえない愛《あい》嬌《きょう》がある。

座敷の隅に控えていたおちかは、そっと目線を送った。

男——康次郎はなめらかな足取りで入ってきて、対面に腰を下ろした。

「お邪魔いたします」

礼儀正しい挨拶をして、そのついでに子犬の頭をちょいと押す。途端にまた座が沸いた。康次郎と子犬が一緒にお辞儀をした格好になったからだ。

「まったく」

文左衛門は呆れたような様子を見せつつ、鷹揚《おうよう》だ。康次郎が子犬を連れてくるのはいつものことで、端から承知の上で遊びの輪に加えているのだ。

「タロウ、行きなさい」

康次郎は子犬に話しかけ、畳に下ろした。頭を撫で、ぽんと尻を叩く。

犬ながら飼い主の言うことはわかるのか、タロウは律儀《りちぎ》にお鈴のもとへ向かった。尻尾《しっぽ》を振りつつ、座敷を横切る子犬が皆の視線を集める中、おちかは康次郎と目を合わせた。それだけで心の臓が高鳴った。

頬が熱くなり面を伏せると、銀鎖が鳴った。下を向いているのに康次郎が見ているのがわかった。お鈴に抱き上げられたタロウが、盛んに鳴いている。可愛い、可愛いと芸者たちが手を叩き、座敷は賑やかだった。

面を伏せたまま、ちらと瞼を持ち上げる。

タロウに顔を舐められたお鈴が、くすぐったがって細い首をのけ反らせると、文左衛門が囃《はや》した。

「こいつ。あたしより先にお鈴へ手を出しおって」

「いやだ、子犬に嫉妬なさるんですか」

お鈴が流し目をくれると、

「馬鹿言え」

文左衛門は満更《まんざら》でもなさそうな顔をする。お鈴が含み笑いをしながらタロウの額に唇をつけた。

「ふん」

タロウの頭に紅の印がついたのを横目で見遣《みや》り、文左衛門が鼻を鳴らした。お鈴は横目で笑いながら、タロウの顔中に接吻《せっぷん》の雨を降らせる。

「そこまでだ」

いよいよ文左衛門が怒り、お鈴からタロウを取り上げた。

「駄目よ、返して」

「駄目だ」

「返してったら」

お鈴は口を尖らせ、華奢《きゃしゃ》な肩を揺すった。文左衛門は舌を出し、タロウを高々と持ち上げ、遠ざけようとする。

お鈴は拗《す》ねた顔をした。

「意地悪」

「こういうのが『犬も食わない』と申すのでしょうな。いやはや、仲がよろしい」

そこへ文左衛門の連れてきた幇間《ほうかん》が、すかさず茶々を入れる。

「本当ねえ」

姉さん芸者たちも追従《ついしょう》し、座敷が賑わう。お鈴も笑っている。

タロウは身をよじって文左衛門の手から逃れた。器用に畳へ飛び降りると、そそくさと康次郎のもとへ駆け寄っていく。ひょいと膝に乗ったタロウは、ぴたりと康次郎の胸に頭をつけた。

対面にいるおちかは目を細めた。素直に甘えられるタロウが羨ましかった。おちかは周りの目を気にして、康次郎をまともに見ることもできない。

二人の仲は内緒にしている。

康次郎もおちかも半人前だからだ。文左衛門とお鈴ならともかく、十八と十五の二人が相惚《あいぼ》れと言ったところでどうにもならない。康次郎の家は文左衛門が主をつとめる『津本屋』と同じく紙問屋で、やはり日本橋では老舗で通っている。

家は三つ上の長男が継ぐと決まっており、一昨年の春に女房をもらった。康次郎もいずれ暖簾分けをしてもらう話があるようだが、今は親掛かりの身。文左衛門の金魚の糞で茶屋へ通い、目当ての芸者と遊ぶくらいは大目に見てもらえても、将来の約束を交わしているとなると、親が黙っていない。

だから、いずれ順を追って康次郎が話をつけることになっている。

今は兄の庄一郎《しょういちろう》の女房のおつるが身籠《みご》もっており、家の中が慌ただしいが、無事に子が生まれたら、落ち着いた頃を見計らって、きちんと親に打ち明ける。長い間待たせるつもりはないと、康次郎は請け合っている。

このことは誰にも話していない。姉貴分の芸者はもちろん、桂つ扇にも伏せていた。康次郎から黙っておくようにと言い含められている。老舗の息子ではあっても、今のところ康次郎には芸者を身請けする力がない。桂つ扇には自分なりの算段もあるはずで、おちかが勝手に男を作れば渋い顔をするに決まっている。

というのが康次郎の談。

ことを荒立てず、きちんと仁義を切って話を進めよう。康次郎は真面目なのだ。おちかとしては少々焦《じ》れったいけれど、そういう人だから惹かれたとも言える。康次郎にはあくせくしたところがなく、一緒にいると気が休まった。

タロウも同じだろう。康次郎の膝に頭を乗せ、行儀よくしている。きちんと躾《しつ》けられているからだ。

あの子、どうしているかしら――。

おちかは三年前まで生家で飼っていた犬を思い出した。雌犬《めす》で、タロウより一回り小さな、おとなしい子だった。親類の家で生まれたばかりのところをもらい受け、舐めるようにして可愛がっていたのだ。

父親の信一郎《しんいちろう》が商いにしくじり、家を売りに出すとなって親類へ返したときは悲しかった。もう二度と会えないと承知で手放したときは、大袈裟ではなく身をもがれる思いがしたものだ。

その後、犬ばかりか自分も茶屋へ売られ、一家は離散。親類とも縁が切れた。あの子のことを思うと、おちかは今も胸が塞《ふさ》ぐ。自分の身の上と重ねてしまうからだ。保護する者の不運に引きずられるのは女も犬も同じ。

康次郎に飼われているタロウは幸運である。飢えや暑さ寒さも知らず、一生を平穏無事に過ごせるだろう。

世間には、犬を平気で捨てる人もいるというのに、康次郎はわざわざ拾ったのだ。

軒先へ誰かが置き去りにしていたのを見つけ、自分の家の子にした。骨と皮ばかりに痩《や》せているのを見て、放っておけなくなったらしい。

タロウは康次郎から刺身をもらっていた。ぺろりと小さな舌を出し、次々と食べている。頑是《がんぜ》無い子犬のすることは何でも目を惹く。満腹になったタロウは、おもむろに欠伸《あくび》をした。人の子みたいに「あー」と声を上げるのが可笑《おか》しい。芸者たちは蕩《とろ》けるような目でタロウの一挙一動を眺めている。

すっかり座敷の主役だ。康次郎も満更でもない面持ちをしている。それが面白くないのか、文左衛門は帯に挿した扇子を取り出し、タロウを指した。

「おい」

と、康次郎に声をかける。

「せっかく連れてきているんだ。犬に芸をさせてみろ」

「あいにく、まだ子犬でして」

「なんだ、できないのか」

「やっと自分の名を覚えたくらいで、とてもとても」

「つまらん。それじゃあ、ただの駄犬だ」

ひどい言い草だが、康次郎は温和な表情を崩さない。胡座《あぐら》の間にタロウを乗せ、茶色い頭を撫でている。

「仕方ありません。元は捨て犬でございますから」

タロウは自分の噂をされているとも知らぬ態で、きょとんとしている。

「酔狂《すいきょう》な奴だな。犬など拾って」

「康次郎坊ちゃんはお優しいんですよ」

お鈴が口を挟むと、文左衛門は鼻を鳴らした。

「どうだか」

横目で康次郎を見遣る。

「怪しいものだな」

「旦那ってば。今度は康次郎坊ちゃんに焼き餅ですか？」

「焼いてほしいか」

「どうかしら」

「こいつ」

「さあさあ、餅は餅屋。芸は芸者でございますよ」

お鈴の一言で、芸者たちが三味線を手に立ち上がった。幇間がここぞとばかりに
囃し立て、場を盛り上げる。お鈴が舞い、二番手、三番手が三味線を弾く。おちか

も末座で舞いの輪に加わった。

『松屋』の売りは巧みな芸。文左衛門もすっかり機嫌を直し、お鈴の舞いに釘付けになっている。

舞っている間、康次郎と何度か目が合った。

そのたびに、心の臓が跳ねる。さっき文左衛門と話していたときは愛想のいい笑みを浮かべていたが、今は真顔だ。薄い眉の下には、やや離れ気味な細い目があり、小さな口は女のように赤い。どちらかといえば童顔で、商家の息子にしては地味なほうだ。

実際、康次郎は口下手である。座敷にタロウを連れてくるのも、目立ちたいからではない。座持ちがよくない己を補うためと、人に訊かれれば答えるだろう。が、おちかは本当のわけを知っていた。

康次郎がタロウを連れてくるのは、おちかを思ってのこと。いつだったか、生家で飼っていた犬をやむなく手放した話をしたら、その次にあらわれたときにはタロウを伴っていたのである。

「こいつで慰めになればいいけど」

照れ隠しのような顔で言われ、好きになった。康次郎はおちかのために、自分の飼い犬を茶屋へ引っ張ってきたのだ。以来、毎回連れてくる。

もし生家が没落しなければ、この人と縁談があったかもしれない。康次郎と出会ってからというもの、おちかは息を吹き返した思いになっていた。家の没落で捻《ねじ》れた道を戻せるかもしれない。茶屋で身を小さくして過ごした三年は、顧《かえり》みても辛いばかりだが、今からやり直せると思うと力が湧く。

康次郎は家同士の付き合いのために、文左衛門にくっついてくるが、根はおとなしい男である。派手な茶屋遊びより、蛍狩りや川縁のそぞろ歩きを好む。

そういうときも、むろんタロウが一緒である。

「おや、可愛い子だ」

舟に乗り合わせた人は、ちょこんとお座りをしているタロウを見ると、目尻を下げて感心する。

「あたしの弟分なんですよ」

康次郎の返事はいつも決まっている。

「お利口《りこう》だね。吠えたりしないのかい」

「はい。おとなしい質《たち》なので」

「若旦那とちょいと顔が似ているね」

「ですから弟分なんですよ」

ここで相手はどっと笑う。

「なるほどねえ。いい兄さんがいて、この子は幸せだ」

「幸せにするつもりですよ。こいつは可哀想な奴で、捨て犬だったんです。あたしが見つけたときは、痩せて惨めな姿をしておりましたよ」

「生きものを捨てるなんて、勝手なことをする人もいるもんだな」

「まったくです。あたしが拾ってやったから、こいつも呑気な顔をしていられますが」

タロウを連れていると、犬の話で間が持つ。

「捨てる神あれば拾う神ありとは、このことだね」

舟で居合わせた人は、捨て犬のタロウを世話している康次郎を必ず褒める。身なりを見れば金のある家の息子だとわかるだろうが、それでも捨て犬を拾うかどうかは別の話。自分が気に入って飼ったくせに、鳴き声がうるさいからと、放り出す金持ちもいると聞く。

おちかの父親もそうだった。父親は商いにしくじり、飼っていた犬を捨てた。もらい先の親類に返したと言えば聞こえはいいが、要するに厄介払いしたのだ。そういう親だから、娘のおちかのことも茶屋に売ったのである。今さら思い出しても詮《せん》ないのに、おちかは暗い気持ちに浸った。タロウは何を考えているのか、目を細めて川風に吹かれている。

3

その日、康次郎が舟をつけたのは橋場の渡しだった。

裾を汚さないよう気をつけながら降り、川縁を歩いた。この辺りは草が生い茂っており、ともすれば足を滑らせそうだ。タロウの綱を引く康次郎について歩きつつ、おちかは足袋《たび》を気にしていた。

下を向いていると、照り返しがきつい。

舟に乗っている間は風があったが、今日は蒸していた。梅雨の晴れ間の日差しはきつく、おちかは白粉が崩れないよう、そっと懐紙で鼻の頭を押さえた。

「この先に、ちょいと知られた飯屋があるんだ」

振り返って康次郎が言った。

「そうなんですか」

「うん。まめ菊のところの『松屋』みたいに贅沢なところじゃないけれどね、中々のものだという話だよ」

「どんなものをいただけるのかしら」

「まあ、一膳飯屋だからね。大して期待はできないが、川魚はうまいと思うよ」

康次郎はのんびりした口振りで言いながら、店の名を頼りに目当ての飯屋を探している。

「あそこだ」

着いたのは小体な造りの飯屋だった。きっかりとした文字で『しん』と書かれた白木の看板が見える。なるほど『松屋』とは違う。康次郎の言った通り、一膳飯屋だ。渡し場で舟に乗る旅人相手の店だろう。

おちかは自分の身なりを思い、少しためらった。

座敷に出るわけではないが、今日着ているのは絽縮緬《ろちりめん》の着物だ。全体に朝顔《あさがお》の刺《し》繍《しゅう》をあしらったもので、帯も着物に合わせて絽を締めてきた。菅笠に手甲《てっこう》、脚絆《きゃはん》がけの旅人たちの中へ入って悪目立ちしなければいいが。

もっとも、康次郎の羽織りも紗《しゃ》である。履物も、見る人が見れば一目で高価なものとわかる。どのみち、おちかのなりを見れば芸者とわかるのだし、康次郎も仲間内からこの店のことを聞いたのだろうから、案外お客は旅人に限らないのかもしれない。

それより気になるのはタロウのことだ。

「食べものを出す店に、犬を連れて入れるかしら」

おちかは言った。『松屋』でタロウを歓迎しているのは、康次郎が文左衛門の連れてくる客だからだ。普通に考えれば、犬が飯屋に入れるわけがない。それは康次郎も同感のようだった。

「そいつは無理だよ」

あっさりと言い、康次郎は辺りを見回した。ならば、どうするかと思っていると、手近な木を見つけ、タロウを引っ張っていく。

「お前はここで待ってろ」

康次郎は木に綱を括《くく》り、言い聞かせた。

「さ、行こう」

「大丈夫かしら」

おちかはつぶやいたが、康次郎には聞こえないようだった。

「どうした?」

店の暖簾をはねあげ、怪訝な顔をしている。

「いいえ、何も」

慌てて答え、おちかは小走りに店へ向かった。

「いらっしゃいませ」

店に入ると、三十半ばほどの品のいい女が出てきた。正面の奥が厨になっており、それを囲む形で長床几が並んでいる。

先客は旅のなりをした男が三人、それぞれ別の長床几に腰を下ろしていた。

「よろしければ、小上がりへどうぞ」

女は感じがよかった。姿勢もよく、こざっぱりとした木綿ものを着ているが、手で小上がりを示す仕草が美しい。こんな飯屋――、と言っては失礼だが、意外な気がした。女はいかにもおっとりとして、飯屋を切り盛りするより、屋形船《やかたぶね》に乗って花火見物をするのが似合いに思えた。

「じゃあ、そうしようか」

康次郎はうなずき、草履を脱いだ。おちかもそれに倣《なら》い、小上がりに腰を落ち着けた。

入ってみると、中は清潔で、よく手入れがされていた。畳もそれなりにいいものを使っている。これなら康次郎の仲間が贔屓にしていてもおかしくない。おちかは安心して寛《くつろ》ぐことにした。

　やがて女がお茶を運んできた。

「どうぞ」

　白い手で供されたほうじ茶は香りがよかった。女が下がった後、おちかは一口含み、ふう、と息をついた。川風に晒《さら》されてきたせいか、熱いお茶が染み渡る。

「よろしければ、こちらの漬け物も召し上がってみてくださいな」

　厨からもう一人、女が出てきた。こちらは五十の坂をいくつか越したという年頃だ。茶を出した女の母親かもしれない。

「珍しくもない、べったら漬けですけれど」

　歯切れのいい声で言い、年配の女は漬け物を勧めた。

「まあ、きれい」

　おちかは思わず感嘆した。並べ方がいい。薄切りの白い大根を重ね、花びらを象《かたど》ってあるのだ。

「芍薬《しやくやく》を模したのでございますよ」

「そうなんですか。牡丹《ぼたん》かと思いました」

「よく似ていますからね。先月までなら牡丹と申したところ、今の季節ですから芍薬と申したのですよ。種明かしをすれば、並べ方は同じなんです」

年配の女はいたずらな目をして、おちかと康次郎を交互に眺めた。

「もう牡丹の見頃は過ぎましたものね」

座敷で牡丹の柄を着るのは、桜が散った後、しばらくの時期だけだ。着物は季節を先取りするものだから、おちかも今日は朝顔の柄を着てきた。

「食べるのが勿体《もったい》ないわ」

「そうおっしゃらず、本物の芍薬ではありませんから」

「よし」

先に箸を伸ばしたのは康次郎だった。

「うん。塩気がちょうどいいね」

「夏場は汗をかきますから、漬け物がおいしいでしょう」

おちかも食べてみたが、ほんのり効いた塩とほうじ茶がよく合う。暑い中、舟に揺られた疲れが癒えるようだ。

タロウはどうしているかと、ふと思った。人と同じく犬だって喉が渇くはずだ。むしろ厚い毛皮を着込んでいる分、暑さには弱いかもしれない。

ちょっと外を見てこようかしら――。

木陰で気持ちよさそうに昼寝でもしていれば安心していられる。が、タロウは康次郎の飼い犬。差し出がましいことを言うのは控えておこうか。考えていたら、呼びかけられた。

「まめ菊」

「はい」

「どうした、ぼんやりして。顔が青いぞ。日当たりしたのか？」

康次郎は軽く眉をひそめ、こちらの顔を覗き込んだ。

「何ともありません。ただ、タロウはどうしているかしらと思って」

「タロウ？　あいつがどうした」

「喉が渇いているのじゃないかしら」

おちかが言うと、康次郎は手で己の額を叩いた。

「しまった。あたしとしたことが、うっかりしていたな」

康次郎は気分を害することもなく、すぐ腰を浮かした。年配の女に頼んで水を一杯もらい、店の外へ出ていく。

「タロウさん？　お供の方ですか？」

年配の女に問われ、おちかは微笑した。

「犬なんです」

「あら」

「ここまで一緒に来たんですけれど、外につないできたのが気になって……」

「それは賢明なご判断でしたね。水を持っていって正解ですよ。犬は人より暑さに弱いですからね」

やはり、そうか。思い切って口に出してよかった。タロウは康次郎の大事な犬だ。暑さでへばったりすれば、どれだけ悲しむことか。康次郎は戻ってくると、年配の女に礼を言った。

「まめ菊のおかげだ。タロウの奴、喜んで水を飲んだぞ」

康次郎は笑顔だった。

「安心したら腹が減ったな」

「わたしも」

おちかは康次郎と顔を見合わせた。

「ぜひたくさん召し上がってください。今日は穴子《あなご》が入っておりますよ」

「へえ、いいね」

穴子と聞き、康次郎が顔に喜色《きしょく》を浮かべた。

「白焼きで食べたいけど、できる？」

「はい、できますよ」

「じゃあ、あたしは穴子の白焼き。まめ菊も同じでいいかい」

「ええ」

うなずくと、年配の女はおちかに言った。

「遠慮なさらず、お好きな召し上がり方をおっしゃってくださいな。蒲焼《かば》きでも煮穴子でも、お刺身でも結構ですよ。何でも作れますから」

「まあ、お刺身まで」

「意外でございましょう。うちは川魚が自慢なんです。勝手場を任せている者の腕がいいんです。もう還暦近い年寄りですけれど」

「何だって？」

その声を聞きつけたか、今度は老人が出てきた。色の浅黒い、小柄で痩せた男である。

「あら、耳がいいのね」

「歳は取っても、自分の悪口は聞こえるもんさ」

この老人が勝手場を任されている者らしい。汗止めなのか、額に豆絞りの手拭いを巻いている。

「穴子の注文が入りましたよ」

年配の女はちっとも悪びれない。

「つたく。おしげさんには参るぜ。自分だけは、いつまでも若いままだと思っていなさるんだから」

「そんなことはありませんよ。さ、平助さん、穴子の白焼きですよ。ご自慢の腕を振るってくださいな。お嬢さんはどうなさる？」

おしげと呼ばれた年配の女が、おちかを見た。

「わたしはお刺身で」

「あいよ」

平助が威勢よく応じた。柄は小さいが声は大きい。

「で、ご飯の炊き方はどうなさるね」

「ご飯？」

「そうそう、うちはご飯もお客さんのお好みで炊くんです」

おしげが口を出した。

「ご飯の炊き方も選べるんですか」

「ええ。硬めでも柔らかめでも」

「そいつはすごいね、手が掛かってる」

康次郎が唸り、手で顎を撫でた。

「あたしは柔らかめで。まめ菊は？」

「わたしもそれで」

これで注文が決まった。

おしげと平助が賑やかに小上がりから去っていった。康次郎と二人きりになり、何となく目を見合わせて笑う。

「中々だろ？」

「本当ね」

厨のほうを見返り、おちかは答えた。

「楽しいお店」

康次郎の仲間内で評判になるのもわかる。穴子も鰻《うなぎ》も脂っぽくて苦手なのだが、刺身なら食べられる。それにしても、渡し場の一膳飯屋で穴子の刺身を食べられるとは。血抜きが難しいらしく、刺身を出せるのはよほど腕のいい料理人を抱えた店だと、子どもの頃に親から聞いた覚えがある。

「まめ菊は通だな。穴子の刺身なんて、あたしは食べたことがないよ」

康次郎に言われ、おちかは頬を赤らめた。

「わたしも初めてよ。珍しいと思って、頼んでみたの」

つい嘘をついてしまった。

「初めてなのに注文したのかい。おとなしそうな顔をして案外大胆だな」

「食いしん坊なだけ」

「そう言うけど、座敷ではほとんど食べないじゃないか」

桂つ扇に、芸者は座敷で食事をしないよう言われているからだ。お酒には口をつけても物を食べてはいけない。芸者は美しく装い、お客を楽しませるのが仕事。

康次郎が穴子の刺身を食べたことがないなら、自分はその味を知っているとは言えない。生意気だと思われ、愛想を尽かされたら困る。康次郎は優しい男で、そんな無慈悲なことはしないとわかっているのに。

穴子の刺身を好きなのは、おちかの母親だった。

大店《おおだな》の一人娘に生まれ、子どもの頃からしょっちゅう両親——おちかにとっての祖父母に連れられ、料亭に通っていたせいか口が奢《おご》っていた。そういう母に育てられたから、おちかも舌が肥えているほうだ。けれど、茶屋ではそんな素振りは見せないようにしている。

思ったより汗をかいていたのか、ほうじ茶がおいしい。すぐに茶碗が空になり、お代わりが欲しくなった。厨へ声をかけようと振り返ると、ふっくらした女と目が合った。心得たというふうに唇をほころばせ、小上がりへやって来る。

「さあ、どうぞ」

茶道具を扱う手つきが楚々としている。おちかは、また母を思い出した。母は娘時代から茶の湯の稽古に通っており、家でも茶を点《た》てていた。

「どうかなさいました？」

おちかの目線に気づいたらしく、女が話しかけてきた。

「おしげさんは、お母さんなんですか」

「ええ、そうですよ」

「仲がよろしいんですね」

おちかが言うと、女は頬に笑窪を浮かべた。

「しょっちゅう母娘喧嘩をしておりますけれど。わたしはぼんやり屋で、よく叱られるんです」

「何だか目に浮かぶな」

康次郎がくすりと笑った。

「母は昔から口が達者で」

ちょっと眉をひそめてみせたが、女の口振りは温かかった。叱られると言いつつ、仲睦《むつ》まじくやっているのだろう。きっとこの母娘も元は裕福だったのだ。何か事情があって渡し場で小商いを始めた。そんなふうに見える。

「お母さんがおしげさんということは、あなたがおしんさんですか」

「え?」

一瞬、女はとまどった顔になった。

「ああ、表の看板をご覧になったのですね。ありがとうございます。わたしは、けいと申します」

「おけいさん」

「はい。どうぞご贔屓に」

では、なぜ屋号が『しん』なのか。そうは思ったが、無理に聞き出すほどのことでもない。おちかも何の気なしに訊《たず》ねたのだ。

「せっかくだから、何かもう一品もらおうか」

康次郎に問われ、おちかはうなずいた。

「何にする？」

おちかは首を傾げたが、康次郎はにこにこと返事を待っている。お前が好きなものにしろと言っているのだ。

しばし思案《しあん》して、答えた。

「では、玉子焼きをいただけますか」

「そんなものでいいのかい」

「好きなんですもの」

「へえ、子どもみたいだな。まめ菊らしいね」

康次郎はおちかの返事に満足したようだ。玉子焼き。家で食べるものだから、『松屋』の座敷にはまず出てこない。

「味付けはどうなさいます？」

「どう、って――。玉子焼きは甘いものだろ」

きょとんとした顔で康次郎が言う。

「お客さまのお家では、甘い玉子焼きなんですね」

おけいが如才《じょさい》なく返した。

「辛い玉子焼きもあるのかい」

「そうですね。京では出汁を効かせて大根おろしを添えて食べることもございますよ。葱や青菜を刻んで混ぜ込んでもおいしいですし」

「へえ、出汁入りか。変わってるな」

康次郎は江戸前の甘い玉子焼きに馴染《なじ》んでいるらしい。

「砂糖でしっかり味をつけた、分厚いのがあたしは食べたいな」

「じゃあ、そうしましょう」

おちかは康次郎に賛成した。

「甘い玉子焼きをいただけますか」

「承知いたしました」

口で応じつつ、おけいは目でおちかに訊ねた。

あなたはそれでいいの？

目顔でうなずき、ほうじ茶のお代わりをいただいた。おちかが生家で食べていたのは京風の玉子焼きだった。母親が好んでいたのだ。だからおちかも出汁入り派である。が、甘くても辛くてもいい。康次郎と食べられることが嬉しい。

やがて、おけいがお櫃《ひつ》と味噌汁を運んできた。

「お待たせいたしました」

後ろには、穴子の白焼きと刺身を載せた盆を手にしたおしげもいる。

「おいしそう」

穴子の白焼きはふっくらとして、見るからに柔らかそうだった。刺身の切り口も美しく、平助の腕がいいのがわかる。

「玉子焼きも今お持ちしますからね」

おけいはご飯をよそいながら言った。こんなふうに食事の世話をしてもらうのは久し振りだ。『松屋』では、芸者は用意してある大きなお櫃から自分でご飯をよそって食べる。お味噌汁など、大鍋に作った煮返しだ。

この店の皿はどれも、素朴だがぬくもりがある。ご飯茶碗には涼しげな露草《つゆくさ》の模様が入っていた。季節ごとに違うものを使っているのかもしれない。

お味噌汁の具は茄子《なす》と茗荷《みようが》。一見どうということもないが、風味がいい。煮返しでないのは明らかだ。ご飯も粒がぴんと立ち、噛みしめるとほんのり甘い。

「うまいな」

康次郎も気に入ったようだ。

「下手な料亭に行くよりずっといいな。穴子もいい焼き加減だ。まめ菊も食べてみるかい？」

「よかったら、お刺身もどうぞ」

おちかが皿を差し出すと、康次郎は嬉しそうに一切れつまんだ。

「おいしい？」

「ああ。ちっとも泥臭くないよ」

「あの平助さんという勝手場の方の腕がいいのね」

「だろうな。歯応えもあって、口の中で溶けるようだ」

「どうぞ。いくらでも食べて」

「そうさせてもらうよ。こんなにうまいとは知らなかった」

結局、穴子の刺身はあらかた康次郎が食べた。おちかは一切れつまんだきりだが、好きな人が嬉しそうな顔をしているのを見るだけで、胸が一杯だ。康次郎は刺身で一膳をぺろりと平らげ、おちかに空の茶碗を差し出した。

そっと受け取り、お櫃からお代わりをよそう。

「はい」

我知らず頬が熱くなった。

女房になったら、こんなふうに康次郎の世話を焼くのだ。向かい合って仲良く食事をする毎日を思い浮かべると、それだけで胸が浮き立つ。

「どうした、まめ菊。食欲がないのかい。あまり進まないね」

「食べるのが遅いんです」

「まめ菊はのんびりしているからなあ。いいさ、ゆっくり食べなよ。舟を使えば夜の座敷に間に合う」

自分が芸者なのだと思い知らされるのは、こういうときだ。

康次郎はおちかを連れ出すとき、常に『松屋』の目を気にしている。むろん、ありがたいとは思っている。座敷に遅れたりすれば、桂つ扇が角《つの》を生《は》やして怒るに違いない。けれど、こうして二人で出かけているときには、『松屋』を忘れたかった。わたしはまめ菊ではない、おちかなのだと言いたくなる。

まめ菊と呼ぶのは、康次郎なりの用心だと思う。下手に本名で呼ぶようになれば、座敷でうっかり口を滑らす恐れがある。

慎重な男なのだ。つまり信用が置ける。

桂つ扇からは口のうまい男には十分気をつけろと、常々釘を刺されていた。男の言うことは話半分に聞いておきなさい。それが芸者としてうまく生きていく手だよ、と。

けれど、それは津本屋の文左衛門のような老獪《ろうかい》な男のこと。

康次郎は十八で、芸者で言うなら半玉《はんぎょく》。顔も十人並みで若い娘が群がるような優男《やさおとこ》ではない。だからいいのだ。気の利いた男なら、芸者のまめ菊を渡し場の小さな飯屋に連れてくるような野暮《やぼ》はしない。

もっとわかりやすく名の知れた料亭へ行くか、歌舞伎を見にいくか。いずれにせよ、おちかを見せびらかせる場へ引っ張り出すはずだ。いくら仲間内で評判とはいえ、素朴な飯屋へ誘われたのは、康次郎の誠実さのあらわれだ。

うっとりしていたら、急に店が騒がしくなった。

「お、犬だ」

「どこから来たんだ？」

と、長床几の旅客たちが口々に言っている。

振り返ると、戸の隙間からタロウの顔が覗いていた。前肢《あし》で引っ掻いて戸を開けたのか、細い隙間から黒い鼻を突き出している。

おちかは小上がりを出て、戸を開けにいった。タロウがすかさず後ろ肢で立ち、両前肢で摑まってくる。

「芸者さんの飼い犬か」

「かわいそうに。待ちくたびれたんだぜ」

お客は笑い混じりに野次を飛ばした。

「すみません」

おちかはタロウを抱き留め、頭を下げた。旅人たちは飼い主が芸者と知り、興味津々だ。ご飯を掻き込みながら、おちかの姿をじろじろ眺めている。

「いや、お騒がせしました」

そこへ康次郎が出てきた。

「こいつはあたしの犬なんです」

愛想のいい笑みを浮かべつつ、おちかからタロウを受けとり、片手で抱く。

「木につないでおったのですが、さみしくなって無理にほどいたんでしょうな。ごめんよ、タロウ。あたしが悪かった」

康次郎はタロウに頬ずりした。

「元が捨て犬だから、置いてけぼりにされるのは苦手なんだな。あたしがいけなかった。もっとこいつを案じてやるべきでしたよ」

「捨て犬だったのかい？」

お客の一人が興味を抱いたような声を出した。

「はい。あたしの家の前に捨てられていたんですよ、ほんの赤子《あかご》の頃に」

「そいつを拾って育ててるってわけか。お若いのに感心だ」

「当たり前のことをしただけです。いくら犬だって、捨てる奴の気がしれません。あたしは子どもの頃から、そういう理不尽に弱くて。犬でも人でも、気の毒な者は放っておけない質なんです」

「若いのに感心だな」

「なあに、捨て犬を拾っただけですよ。感心されるようなことじゃありません」

人に褒められると、康次郎は謙遜《けんそん》する。照れたように眉尻を下げ、頭を掻く。

「その犬は、兄さんのおかげで命拾いしたな」

「可愛い奴ですよ。あたしに恩を感じているのかすっかり懐《なつ》いて、今ではとても元捨て犬には見えない」

タロウの首を掻いてやりながら、康次郎は自慢した。

「毛艶《けづや》がいいもんな」

「自分は捨て犬だと僻《ひが》まないよう、せっせと世話しております。犬なんぞ単純ですから、タロウの奴、お座敷犬になった気でいるかもしれない」

「捨て犬が大出世だな。俺より、よほどいいものを食わせてもらってそうだ」

「そんな。所詮犬ですよ、分はわきまえさせてます。でもまあ、茶屋にも連れていって、ご馳走を分けてやってますからね。捨て犬にしては口が奢っているかもしれないなあ」

「へーえ」

お客が好奇心を丸出しにして、おちかを見た。その娘が茶屋の芸者かいと言いたそうな顔だ。

目を伏せて、話が終わるのを待つ。

タロウは康次郎の腕の中で舌を出していた。康次郎は犬の躾がうまいのだろう。タロウは毛艶もよく、無駄吠えをしない。それだから、飯屋へ顔を出してもお客が嫌な顔をしないのだ。

とはいえ、店にとっては迷惑かもしれない。タロウも待ちくたびれていることだし、もう出なくては。そう思って顔を上げると、おしげが康次郎に冷ややかな眼差しを向けていた。やはり食べもの商売の店に犬を連れてきてはいけなかったのだと、おちかは頭を下げた。康次郎に代わって詫びたつもりだが、おしげは黙っている。

怒らせたんだわ――。

怪訝に思いつつ懐紙に小粒を包んだ。康次郎がおけいと勘定を済ませている隙に、おしげのもとへ歩み寄る。

「お騒がせいたしました」

きちんと詫びをすべきだったと、おしげの掌にしのばせようとしたら、やんわり押し返された。

「いいんですよ」

「でも」

金の渡し方が不躾《ぶしつけ》だったろうか。押し返された懐紙を手に、途方に暮れていると、おしげがすばやく耳打ちした。

「お嬢さん、あの人のどこがいいの?」

一瞬、聞き間違いかと思った。

何の話。おちかは胸のうちでつぶやいた。あの人とは康次郎のことか。どういう意味かと訊き返そうとしたところへ、勘定を終えた康次郎が戻ってきた。

「うまかったよ」

「お口に合って、ようございました」

上品な笑みを浮かべてはいるが、おしげの口振りは素《そ》っ気《け》なかった。

「また近いうちに来るよ、まめ菊も気に入ったみたいだから。なあ、女将さん。次はタロウも一緒じゃ駄目かい？　こいつはあたしの弟分なんだ。むろん金は余分に包むし、おとなしくしているよう言い聞かせるから」

康次郎は無茶を言い出した。

「弟分ですか」

おしげが首を傾げる。

「ああ、そうだ」

「とてもそうは見えませんわね」

「おいおい。たかが犬だと侮ってもらっちゃ困るな」

「それはあなたでしょう」

「え？」

「あら、聞こえなかったかしら。侮っているのは、あなたのほうだと申したのですよ」

おしげはきっぱりと言い、諭すような目で康次郎を見た。

「嬉しそうに捨て犬、捨て犬って――。元はどうあれ、今は自分の犬でしょうに。大事な弟分を手柄話に使うなんて嫌らしい。その子はあなたの株を上げる飾りじゃありませんよ」

康次郎はむっとした顔になり、おしげを睨んだ。

言い合いになるのではないかと、おちかは気を揉《も》んだが、康次郎は小鼻を膨らませるだけで黙っていた。言い返さないのは周囲のお客の目が痛いせいだろう。お客に対し、ずいぶん厳しい口を利くと思ったが、誰も康次郎の味方をしようという者はいなかった。

「ごめんなさいね。年寄りの放言ですからお聞き流しくださいまし。ご兄弟ともども、どうぞご贔屓に」

ちっともそう思っていない調子でおしげは言い、店の戸を開けた。

「ありがとうございました」

おしげとおけいは丁寧な物腰で腰を折った。康次郎は決まり悪いのか、二人から目を背《そむ》けるように外へ出た。おちかが暖簾をくぐりながら後ろを振り返ると、おしげがこちらを見ていた。目が合うと、「またいらっしゃいね」と口だけ動かして言う。

店を出たら、さっきまで晴れていたのが嘘のように空が曇っていた。

康次郎は無造作《むぞうさ》にタロウを地面に下ろした。綱を引き、不機嫌そうな足取りで渡し場へ向かう。

「気にしないほうがいいわ」

背中に向かって声をかけたが、聞こえなかったようだ。康次郎は振り向かず、船頭を見つけて片手を挙げた。

4

翌日の夜から雨になった。

といっても小雨で、その日の座敷が終わる頃には止んだ。それから十日ほど晴天が続いた。今年は空梅雨だったね、などと姉貴分たちは話していたが、一昨日からまた雨が降り出した。

といっても、はじめのうちは降りず降らずみといった様子だった。雨脚が強くなったのは、昼頃からだ。

「これは大降りになるね」

小唄の稽古から帰ったおちかに、桂つ扇が言った。障子窓から空を眺め、心配そうな顔をしている。

「今のうちに土嚢《どのう》を積んでもらったほうがいいね」

桂つ扇は独りごち、男衆《おとこし》を呼びにいった。川沿いに住む者は常に雨を警戒している。桂つ扇はしかめ面をしていた。今日の雨はしばらく止まないと踏んでいるのだろう。

その辺りの塩梅《あんばい》は、まだおちかにはわからない。確かに雨粒は地面で跳ね返り、足袋を汚したが、空はまだ明るかった。この分なら夕方までに止むのではないかと、おちかは思っていた。

座敷は常の通りにやるという。男衆に土嚢を積ませつつ、お客を迎える支度はつつがなく進められる。

「今日くらい、休みにしてもいいのにさ」

おちかの隣で姉貴分の久代がぼやく。

「どうせこんな日にお客は来やしないよ。亭主持ちの男は、家でおとなしく女房としっぽり過ごすだろうに。支度をするだけ損だよ」

「それは、旦那のいない芸者の僻《ひが》み」

久代のぼやきを聞きつけた、三番手の芸者が言った。

「今日だって『津本屋』の旦那はおいでなさるんだから。ねえ、お鈴姉さん」

「ええ」

お鈴は鏡を向いたまま答えた。

「ね？　いい旦那は雨が降ろうと、槍が降ろうと恋しい女に会いにくるんだよ。久代も早くそういう旦那を捕まえるといい」

「せいぜい頑張りますよ」

下唇を突き出した久代の隣で、おちかはひそかに胸を弾ませた。『津本屋』の文左衛門が来るからには、きっと康次郎も一緒だ。

橋場の渡しの飯屋に行って以来だから、顔を合わせるのは半月ぶり。

こうなると衣装選びにも張り合いが出てくる。おちかは明るい水浅黄《みずあさぎ》の振袖を着ることにした。じきに来る夏の盛りの空を思わせる色をまとい、白麻の帯を締める。

こういう日だからこそ、明るいものを着れば場も華やぐ。

そうだ――。

着物の次は簪である。こういう雨降りで湿っぽい日には、きらきらした光を集めるものが映えるはず。

「まったく。あんたは性懲《しょうこ》りもないね」

いきなり嘲《あざけ》られ、おちかはびくりとした。

「前にも言ったじゃないか。その簪は安っぽくて、芸者の衣装には釣り合わないよ」

びいどろの簪に手を伸ばしたのを咎《とが》められたのだ。

「それをくれたのは例の坊ちゃんだろ？　もっと高価なものをいくらでも買える身分じゃないか。あんた舐められてるんだよ」

おちかは目を伏せ、答えなかった。

「怒ってるのかい」

久代が首を伸ばし、おちかの顔を覗き込んだ。

それが何なの――、と思った。

康次郎がくれたびいどろの簪が安物なことくらい一目でわかる。これでも元はお嬢さんだ。水呑み百姓の娘だという久代より、よほど目は肥えている。それでも、いや、それだから嬉しかった。

安物の簪は堅気《かたぎ》の娘に似合う。いつか康次郎の女房になって、地味な小紋《こもん》を着るときには重宝《ちょうほう》するはず。が、それを久代に言ってもしょうがない。

結局、おちかは別の簪を挿した。桂つ扇の賑やかな作り声が聞こえた。お客が来たのだ。芸者たちは支度部屋を出て、いそいそと座敷へ向かった。

「こんな雨の中をおいでいただきまして、まことにありがとう存じます」

桂つ扇の挨拶に、

「こんな雨だから来たんだよ」

と、文左衛門は鷹揚な笑みを返す。

「他のお客が来なければ、一晩お鈴を独り占めできるだろう」

「まあ」

目尻の皺を深くして、桂つ扇がため息をついた。

「お鈴は幸せ者だね。芸者冥利《みょうり》に尽きるってものですよ」

桂つ扇が大仰《おおぎょう》に褒めたたえるのを聞きつつ、おちかは康次郎と目を見交わした。やはり来てくれた。タロウもいる。芸者冥利に尽きるのはお鈴だけではない。末席に控えているおちかにも、雨の中を会いにきてくれる人がいる。

文左衛門が予測した通り、その日はお客が少なかった。夕方から夜にかけ、雨脚はさらに勢いを増した。賑やかな座敷にいても、障子窓の向こうで風が唸《うな》っているのが聞こえる。

「こいつは大変な降りになったな」

さすがに文左衛門が外を気にした。

「そうですねえ。ちょいと、表の様子を確かめましょう」

桂つ扇が応じ、手を叩いて男衆を呼んだ。小声で川の様子を見てくるよう言いつけ、ふたたび愛想笑いを浮かべる。

「さあ、あんたたち。雨音に負けないよう、賑やかにね」

「いや、いいよ」

文左衛門が手で制した。雨音は話し声を遮る勢いで響いている。

「さすがに帰ったほうがよさそうだ」

三味線と小唄が止むと、雨風の音がよりいっそう耳についた。男衆が戻ってくると、桂つ扇は座敷を出ていった。

障子窓の隅から隙間風が忍び、行灯《あんどん》を揺らす。タロウもそわそわと落ち着きがなかった。いつもは康次郎の膝の上にいるか、隣で寝そべっているのに、今日は不安げに辺りを見渡している。

「大丈夫だよ」

康次郎が言い聞かせても、くうん、と心細げに鳴くばかり。

「怖がらなくてもいい。あたしがついてるから」

優しい声音で言い、頭を撫でる。タロウは康次郎の顔を見上げ、また鳴いた。よほど怖いのだろう、尻尾を股の間に挟んでいる。

「旦那」

桂つ扇が低い声で文左衛門を呼んだ。

「うむ」

おもむろに腰を上げ、座敷を出ていく文左衛門を康次郎が目で追った。横顔に不安があらわれている。襖越しにぼそぼそ話す声が聞こえた。康次郎が聞き耳を立てているのがわかるのか、タロウが身じろぎする。言葉は通じなくても犬は飼い主の考えていることを読む。

やがて文左衛門と桂つ扇が戻ってきた。

「思った以上に降っているようだ」

文左衛門は落ち着いた口振りで言ったが、座敷の中はしんとした。

「今夜は帰れそうにないな。下手に動くほうが危ない」

「だったら、どうなさるんです」

お鈴が心配顔で腰を上げる。

「ここに泊まらせてもらうよ」

「それがいいわ。こんな雨風の中を歩くのは危ないもの」

「ああ。桂つ扇にもそう言ってもらってね、甘えさせてもらうことにした。今夜は朝までいられる」

「嬉しいこと」

降って湧いたような話に、お鈴は文左衛門の腕に飛びついた。

いくら『松屋』では公認の仲といっても、妻子持ちの身。文左衛門は必ず晩のうちに帰っていく。お鈴はいつになくはしゃいでいる。たとえ一晩でも、文左衛門が茶屋に留《とど》まることが嬉しくてならないのだ。

「あたしは帰ります」

おもむろに康次郎が言った。

「舟を出してもらえませんか」

「あいにくですが、うちの舟は出払ってしまったんですよ」

申し訳なさそうに桂つ扇が返しても、康次郎は頑固に繰り返す。

「ともかく出してください」

「そうおっしゃいましても――」

「いいじゃないか。お前もあたしと一緒に泊まっていけばいい」

文左衛門が取りなしたが、康次郎は硬い顔をしてかぶりを振った。

「帰ります」

「こんな大雨の中、どうやって帰るつもりだい。外をご覧、桶をひっくり返したような降りだよ」

「でも、あたしは帰らないといけないんです」

康次郎の頑《かたく》なな物言いに、文左衛門が鼻から息を吐いた。

「参ったね。舟が出払っているんじゃあ、あたしにも、どうにもしてやれないよ」

「構いません。自分で探しますから」

まるで駄々っ子のような康次郎に、おちかは気を揉んだ。こんなふうに意地を張るからには、よほど家に戻らねばならない事情があるのだ。暗い予感が膨らみ、おちかは手で胸を押さえた。そうしていないと、心の臓がどくどく脈打っている音を誰かに聞き咎められそうだ。

文左衛門が止めるのも聞かず、康次郎は座敷を飛び出していった。桂つ扇も困惑顔で追いかけていく。

「何あれ」

姉貴分の久代が小馬鹿にした調子で言ったが、おちかは聞き流した。それよりタロウだ。

「おいで」

声をかけ、両手を差し伸べる。よほど慌てていたのか、康次郎はタロウを座敷に置いていったのだ。おちかはタロウを腕に抱いて玄関を出た。

戸を開けると、風が唸る音が耳を打ち、たちまち顔が雨で濡れた。とても傘を差せる状態ではない。草履を引っかけ、玄関を飛び出そうとするおちかを男衆が捕まえた。そんな格好で外へ出たら、大変なことになる。男衆はおちかに菅笠をかぶせ、雨合羽《あまがっぱ》を後ろから着せかけてくれた。

暗い中を探るように歩くと、人影が見えた。

「おい」

「無茶ですよ」

文左衛門と桂つ扇の声がする。おちかはタロウが濡れないよう雨合羽で覆い、そろそろと近づいていった。

「こんな天気じゃ、渡し舟など見つかるものか」

「戻りましょう。雨に濡れてお風邪をお召しになりますよ」

桂つ扇は腕を伸ばし、康次郎に傘を差しかけてやっていた。

「もう少し待てば、うちの舟も戻ってまいるでしょう。それまで座敷でゆっくりなさったらどうです」

「そうするのが得策だ。風も止んできたじゃないか。そう焦らずとも、じきに雨も収まる。遅くとも夜が明けるまでには家に帰れるさ」

文左衛門と代わる代わる宥《なだ》めても、康次郎は返事もしない。落ち着きなく首を右へ左へと振り、舟が通りかからないかと探している。

「いったい、何をそんなに急いで帰りたがっているんだい」

そうだ。

何より、おちかもそのことが一番気にかかっている。康次郎の答えが知りたい。菅笠に当たる雨の音はやかましかったが、必死に耳を澄ませた。それでいて答えを知るのが怖い。おちかは腕の中のタロウの頭に顎をうずめ、緊張を鎮めようと、温かな犬の匂いを胸一杯に吸い込んだ。

「どうして黙ってる」

文左衛門が肩に手をかけると、康次郎は苛立《いらだ》たしげに振り払った。

「明日の朝、父と許婚《いいなずけ》の家に挨拶へ行くんです」

背を向けたまま低い声で言う。

許婚――。

「なるほど、そういうわけか」

「相手の家は、うちのお得意先でしてね。遅れるわけにはいかないんですよ」

「朝帰るんじゃあ、間に合わないのかい」

「ええ。支度がありますから」

自分の表情が消えるのがわかった。康次郎に許婚がいるなど初耳だ。心の臓は相変わらず速く打っているが、頭の芯は冷めていった。

挨拶に行くのね。明日。許婚の家に――。

口の中でつぶやくと、胸に痛みが走った。

タロウが腕の中から滑り落ちそうになった。危ういところで堪《こら》え、揺すり上げる。ふたたび抱きかかえたのだが、タロウは身をよじり、おちかの腕から逃げた。器用に降り立ち、わん、と鳴いた。おちかは腰を屈め、雨合羽を広げ、タロウを雨から守った。

三人が一斉に振り返った。

「――ああ、まめ菊かい」

桂つ扇がおちかに気づいた。

「タロウちゃんを連れてきてくれたんだね、気が利くじゃないか」

愛想のいい顔に、一瞬同情の色がよぎる。

「康次郎さんの弟分ですから」

自分でも虚《うつ》ろだとわかる声でつぶやき、どうにか頰を持ち上げた。

「その姿勢では辛いだろう。あたしが抱くよ」

文左衛門はこちらへ歩いてきて、タロウを抱き上げた。

「お召し物が汚れます」

「構わないさ。芸者のお前の衣装を汚すわけにいかない。桂つ扇に叱られる」

康次郎が振り向き、こちらを見た。能面みたいな顔をしている。

文左衛門がタロウを抱かせると、康次郎は迷惑そうに口を歪めた。

「連れてこなくてもよかったのに」

苛立たしげな目でタロウを見下ろし、舌打ちをする。

「犬なんか連れていたら足手まといになる」

タロウは弟分ではなかったのか。

おちかの腕には今もタロウのぬくもりが残っている。毛の感触も匂いも。雨合羽の下でタロウの鼓動はとくとくと脈打っていた。

康次郎はそれきり背を向け、また川へ目を遣った。

「おうい」

渡し舟を見つけたらしく、大きな声を放つ。

菅笠をかぶった船頭がこちらを見た。この雨で顔立ちは霞《かす》んでいるが、背の高い、姿勢のいい人だ。歳は三十を少し過ぎたくらいか。康次郎の声を聞きつけ、艪《ろ》を使い、ゆっくり岸へ向かってくる。

「乗せてくれ」

「無理です」

船頭の返事はすげなかった。

「あいにく今は荷を積んでおりますので」

「一人くらい何とかなるだろう」

康次郎は強引だった。

「金なら払う」

「金の話ではありません」

「だったら何だよ」

「簡単な話です。舟に隙間がないのです。ご覧になればおわかりでしょう、これだけの荷を載せているんです」

丁寧な語り口ながら、船頭は康次郎の申し出を断った。

「それが何だ。荷など後回しにすればいいだろ。あたしは今夜中に家に帰らないといけないんだ。その分の手間賃は払ってやるさ」

口下手と称していたのは何だったのか。啞然とするほど、康次郎は雄弁だった。熱心な懇願に耳を傾ける気になったのか、船頭は艪《ろ》を川に挿した。肩幅ほどに足を開き、揺れる舟の上で思案している。

「どちらかなら」

船頭は静かに言った。

「何だって?」

「ですから、どちらか片方なら」

「どういう意味だよ」

康次郎が首を傾げる横で、文左衛門と桂つ扇が顔を見合わせた。

「この男か犬か、どちらか片方なら乗せてもいい。そういうことだね?」

文左衛門が問うと、船頭がうなずいた。

「さようです」

「馬鹿言え」

康次郎が吐き捨てた。

「あたしか犬かだって？　訊くまでもない。あたしは急いでいるんだ。つまらん冗談を言うのは止せ」

船頭はゆっくり岸へ舟を寄せた。近づいてみると、中には箱が積まれていた。船頭の言う通り、舟には一人乗れるかどうかという隙間があるきりだ。

「狭いですよ」

「構わん」

康次郎は肩をそびやかし、舟に乗り込んだ。積み荷を足で除《よ》け、無理やり尻をつける。

「降りてくれませんか」

船頭の声は、岸にいるおちかの耳にも届いた。

「何だって？」

「降りてくれと申しております」

「乗っていいと言ったじゃないか」

「どちらか片方なら、と申したはずです。お客さんが乗るなら犬を、犬を乗せるならお客さんに降りていただきます」

「横暴だな」

「はじめに申しました」

康次郎の剣呑《けんのん》な口振りにも船頭は平然としていた。

「意地悪をしているわけではありません。これだけの荷を積んでいるんです、無理やり乗せたらお客さんの命に関わります」

実際、舟は傾いでいた。途中で大波に煽られたら、ひっくり返りそうだ。

「――わかったよ」

命を持ち出され、康次郎も折れた。

「こいつを降ろす。ちょっと待ってくれ」

康次郎は苛立ちもあらわに腰を上げた。いったん岸に降りるなり、タロウを乱暴に地面へ放り出し、ふたたび舟に戻ろうとする。と、船頭が艪を掻いた。すいと舟が岸から離れる。あと一歩のところで康次郎の足は縁に届かなかった。康次郎はたたらを踏み、川にまともに突っ込んだ。

「おい！」

浅瀬に立ったまま、康次郎は声を裏返らせて叫んだ。が、船頭は返事をしない。

康次郎を置き去りに、舟はゆっくり遠ざかっていった。

「中々やるな」

文左衛門が含み笑いをした。その隣で澄ましている桂つ扇も、袂《たもと》で口を押さえ、笑いを堪えている。仏頂面《ぶっちょうづら》で岸に上がってきた康次郎は、盛大に舌打ちした。文左衛門は桂つ扇を促し、土手沿いの道を引き返していった。

おちかは袂から手拭いを出した。当たり前のように康次郎が手を出す。

「助かるよ」

その手を無視して、おちかはタロウのもとへ駆け寄った。「おいで」と声をかけ、手拭いで濡れた体を拭ってやる。横目に康次郎の憤然とした面持ちが見えた。舌打ちをして地面を蹴り上げる。泥が頬に飛んできたが、腹も立たなかった。

馬鹿みたい――。

先に訪れた、橋場の渡しの飯屋での出来事を苦い気持ちで思い返す。

女将のおしげは、口ではタロウを弟分と言いつつ、捨て犬呼ばわりする康次郎に怒ったのだ。今ならわかる。康次郎はタロウを弟分などと思っていやしない。まさにおしげの言った通り。自分を親切な男に見せるために、手許に置いているだけ。

雨の中、置き去りにしていったのが康次郎の本性。

今日やっとそれがわかった。いや違う。やっと認めたのだ。

康次郎にとってはタロウもおちかも同じ。自分を高く見せるために連れ歩く飾りもの。おちかだって胸の底では気づいていた。康次郎は親切な男ではないと。身請けしてやるという甘言《かんげん》に縋《すが》り、目をつぶって見ないようにしていた。タロウの黒々とした目に自分の顔が滲《にじ》んで映る。馬鹿なのは康次郎か、それとも自分か。たぶん両方なのだろう。

しばらくして、お客を送り届けた『松屋』の舟が戻ってきた。康次郎はその舟に乗り、帰っていった。どんな口上を述べていったのかおちかは知らない。見送らなかったからだ。

「よしよし。じっとしていてね」

座敷を中座させてもらい、おちかは泥だらけのタロウの足を洗った。乾いた手拭いで水気を取り、耳の中もきれいにする。タロウはおとなしく、されるがままになっていた。ときおり心地よさそうに目を細め、甘えた声を出した。

日付をまたぐ頃、雨は上がった。

あれほど降っていたのが嘘のように、風も止み、しんとした夜になった。あんな馬鹿騒ぎをしなくとも、雨が止むのを待っていればよかったのだ。もっとも、おかげで康次郎の地金が現れ、目が覚めたのは幸いだったが。

その晩、おちかは布団でタロウと一緒に寝た。桂つ扇が許してくれた。

姉貴分の久代は「日向臭《ひなた》いよ」と口では文句を言ったが、その割に布団をいつもより傍に敷いた。タロウは枕もとに丸まり、おちかと頭をくっつけて寝た。くうくう、という小さな鼾《いびき》を聞いていると、満ち足りた心地になり、いつの間にか睡魔に引き込まれていた。

翌朝はきれいに晴れた。夢も見ずに朝を迎えたのは、久し振りのことである。文左衛門は康次郎が迷惑をかけた詫びにと、余分に金を置いていったという。タロウの餌代にするようにと、桂つ扇がいつにない優しい顔で言った。ありがたく頂戴することにした。これからは、おちかがタロウを守っていく。

障子窓を開けた途端、真夏の日差しが入ってきた。

5

梅雨が開けてからというもの、晴天が続いている。

今朝も厨の窓から覗くと、見事な青空が広がっていた。早起きの蟬《せみ》が一匹、鳴き出していたが、朝のうちは涼しい。おけいが米を研ぎ、水を吸わせていると、店に人が訪ねてきた気配を感じた。

前垂れで手をぬぐい出ていくと、暖簾を跳ね上げ、こちらを見ている娘と目が合った。

「いらっしゃいませ」

おけいは思わず笑みをこぼした。

娘は梅雨の終わり頃に訪れた若い芸者だった。連れの男に「まめ菊」と呼ばれていたのを覚えている。

「ようこそ。また、来てくれたのね」

つい、姪《めい》にでも掛けるような言葉で話しかけた。

「ええ。おいしいご飯をいただきたくなって」

今日のまめ菊は、涼しげな灰鼠《はいねず》の紗の着物に、向日葵《ひまわり》の柄の入った帯を締めている。ほんの半月ばかりの間に、何だか大人っぽくなったようだ。立ち姿も堂々としている。

「おむすびをいただけますか」

まめ菊は敷居際に立ったまま注文した。

「かしこまりました。どうぞ、中へお入りくださいな」

店にはまだ誰もお客がいなかった。今なら長床几でも小上がりでも、好きなところで食べられる。

「ありがとうございます。でも、外で連れが待っておりますので」

連れ？

前に一緒に来た、あの若い男のことかしら。おけいは思ったが、それなら店に入ってくるはずだ。

「おや、いらっしゃい」

耳聡《みみざと》いおしげが厨から出てきた。まめ菊に目を留め、惚れ惚れした面持ちで全身を眺める。

「いい紗ですね。とてもよくお似合いですよ」

「お客さまからいただいたんです。わたしには、ちょっと背伸びかと思ったのですけれど」

「そういう渋い色は、若いお嬢さんがお召しになるから映えるんですよ。ところで、今日はお一人？」

おしげに問われると、まめ菊は考える顔になった。

「二人です」

「お連れさまはどちらに？」

「店の外で待ってもらっています。ですから、おむすびにしていただこうと思って。一緒に食べるから」

「ほほ、そういうこと」

おしげは合点がいった様子で外へ出ていった。ついていき、なるほどと思った。店の近くの木に犬がつないである。

「まあ」

つい笑ってしまったのは、犬が日傘の下で澄まし顔をしていたからだ。まめ菊が差しかけてやったのだろう。前肢をきちんと揃え、利口そうな顔でこちらを見ている。

「じゃあ、一つは塩なしのおむすびですね」

おけいが言うと、まめ菊は嬉しそうにうなずいた。

「はい」

歯切れのいい口振りで答え、まめ菊はおけいの目を見た。以前と印象が違う。はじめて店を訪れたときは、もっとおとなしい娘だと思っていた。今日のまめ菊は明るかった。視線がまっすぐ前を向いており、口許も締まっている。

おかずは犬が食べられるものがいいという。

「じゃあ、鰹《かつお》のたたきにしましょうか。葱と生姜《しょうが》はなしで」

「あと、胡瓜《きゅうり》と茄子はありますか？　タロウの好物なんです」

「かしこまりました。確か、ご飯は柔らかめがお好きでしたね」

「今日は硬めでお願いします」

はきはきと答え、まめ菊は付け加えた。

「本当は硬いご飯が好きなんです。あの日はお客さんと一緒だったから合わせましたけど」

そういうことか。

「はい」

「ひょっとして、玉子焼きも出汁入りのほうがお好きなの？」

いたずらがばれた子どものように、まめ菊は上目遣いになった。

「ごめんなさい。せっかく好みを訊いていただいたのに」

「いいんですよ。よろしかったら、玉子焼きもつけましょうか」

「嬉しい」

まめ菊は、ぱっと目を輝かせた。これがこの娘の本当の笑顔なのだ。帯の向日葵さながら、中年女には実に眩《まぶ》しい。

「では、タロウと一緒に待っていますね」

注文すると、まめ菊は着物の裾を翻し出ていった。食事ができるまで、店の外でタロウと一緒に待つつもりらしい。

ほうじ茶と、深皿に注いだ水を持っていくと、まめ菊はタロウと木漏れ日を追いかけていた。風の加減で葉の影がちらつくのを、ふさふさの前肢で捕まえようとしている。

仲がいいこと——。

まるで姉と弟だ。まめ菊は日傘でタロウを日差しから守り、自分は日向に顔を晒していた。芸者だというのに。よほど大事にしているのだ。

ふと自分の昔を思い出した。日傘ではなく雨傘だったが、おけいも弟の新吉と散歩に行くときは、濡れないよう傘を傾けていた。おけいにも、あんなときがあった。もう昔のことだけれど。

おけいはほうじ茶と水をまめ菊に渡し、厨へ戻った。

土鍋を竈《かまど》にかけ、さっそく米を炊く。ふつふつ言うまでの間、小鍋に卵を割る。出汁と醤油で味をつけ、菜箸でかき混ぜた。江戸では甘い玉子焼きが人気だが、しょっぱいほうがご飯には合う。

平助は鰹をさばきつつ、おしげを相手にぼやいている。

「葱と生姜なしの鰹のたたきなんざ、山葵《わさび》をつけない刺身みたいなもんだろう。いったい、どこの子どもに食わせるんでえ」

「わたしは子どものときから、刺身には山葵をたっぷりつけておりましたけどね」

「そりゃあ、おしげさんは『おぎゃあ』と生まれたときから、今のまんま、すっかりできあがっていたでしょうから」

「あら。玉のような赤ん坊でしたよ」

「そいつは玉を腹ん中に置き忘れた、の間違いでしょう」

無言でおしげが睨むと、平助は首をすくめた。

「すみませんね、根が下品なもので」

話しながらも平助は手を止めない。元々魚河岸で働いていただけに、油断すると、すぐにこの手の軽口を叩き、おしげに叱られる。

魚河岸から流れてきた余り物の鰹も、平助の手にかかると、ちょっとした料亭のような料理になる。厨の中は香ばしい匂いでいっぱいだった。軽く炙《あぶ》った鰹は切り口も鮮やかで、薬味がなくとも十分おいしくいただけそうだ。

おしげは胡瓜と茄子を一口大に切り、小皿に載せている。タロウのためのおかずだ。おけいは手早く豆腐の味噌汁を作り、炊き上がったご飯を丸く結んだ。一つは犬の口に合うよう、小振りにする。

「脚のついた膳で出しておやり」

おしげに言われ、おけいは二人分の食事を膳に載せた。母娘で店の外へ運ぶと、まめ菊は恐縮して頭を下げた。

「何から何まで、ありがとうございます」

「お安い御用ですよ」

タロウは塩なしのおむすびにかぶりつき、まめ菊を見上げた。笑ったような顔をしている。

「よかった。おいしいのね」

まめ菊は優しい目でタロウを見つめ、鼻の脇のご飯粒を取ってやった。タロウが一丁前に顔を突き出しているのが可笑しい。まめ菊の手から鰹を食べさせてもらい、尻尾を振っている。

「気に入ったみてえだな」

自分の鰹を食べるのが犬だと知り、平助まで様子を見にきた。まめ菊はタロウの傍らで、上品におむすびを齧った。出汁入りの玉子焼きに舌鼓を打ち、平助自慢の鰹のたたきも残さず食べた。

「ご馳走さまでした」

まめ菊は自ら空になった膳を店まで運んできた。

「わたし、竹町の渡しの近くにある『松屋』という茶屋で芸者をしております」

まめ菊はあらためて名乗り、また来ると約束した。芸者のお愛想には聞こえなかった。まめ菊は近いうちに、きっとこの店を訪れるだろう。

「お待ちしておりますよ」

「よろしかったら、うちの茶屋にもいらしてくださいな。わたし、これでも小唄には自信があるんですよ」

「いい声をなさっているものねえ」

おしげが褒めると、

「光栄です」

と、まめ菊は艶やかな表情で受けた。

「うちのお店、以前は『竹屋』だったのですけれど。昔、お松という人気芸者にあやかって今の屋号に変えたみたいなんです」

「すごい看板芸者さんだったのね」

「はい。ですから、わたしも精進いたします。お松さんに負けないように」

まめ菊は丁寧に辞儀をして、くるりと振り返った。白い手で日傘を差し、もう片方の手でタロウの綱を握る。粋な姿に見とれていると、桃割れに結った髪がきらりと光った。簪の銀鎖が日差しを反射しているのだ。

「素敵な簪だこと」

おしげが褒めると、まめ菊がふと見返った。

「これですか？　姉芸者が選んでくれたものなんですよ」

嬉しげな笑みを残し、まめ菊は渡し場へ向かった。その傍らを、ふくふくと肥った毛艶のいい犬が歩いている。

「あの子、立派な芸者になるわね」

まめ菊を見送りながら、おしげが言った。

そうかもしれない。

けれど、まめ菊ではなく親からもらった名で生きていく道も、あの娘にはあったはずだ。タロウを肴《さかな》に自分を大きく見せようとしていた先日の男は別にしても、誰かと縁づき、当たり前の女房になり、子を産み育てる。そんな道のほうがなだらかで平穏ではないかと、おけいは今も思うことがある。

川を眺めると、瞼の裏に新吉の姿が浮かぶ。

今はどこでどう暮らしているのか。

夏の日差しがちらちら跳ね返る水面を見ながら、おけいは新吉の面影を追った。

七年前に去った弟の無事をおけいも祈っている。渡し舟を見るたび、新吉が乗っているのではないかと目で追う。

眩しくてまばたきすると、上流に一艘の渡し舟が見えた。背の高い男が艪を手にしているのがぼんやり窺える。目を凝らしたが、菅笠で男の顔の半分は隠れている。

おけいはしばし眺めてから、店に戻った。

第三話　親孝行

1

『母さん
こちらも長い夏もようやく終わり、秋がまいりましたが、いかがお過ごしですか。江戸はもう秋も終盤で、冬の足音が聞こえる頃かもしれませんね。

さて、母さんの気が変わらないうちに帰国します。

この文がお手許に届く頃には、懐かしい江戸の土地を踏んでおりますことでしょう。土産に長崎《ながさき》名物のカステラを持参いたします。羊羹《ようかん》とも饅頭《まんじゅう》とも違う、夢のように甘い菓子です。お口に合うといいのですが。

明後日には発ちます。風のごとく急いで帰ります。今しばし、お待ちくださいますよう。

家の後始末や荷造りはわたしがやります。母上は何もなさらないように。よろしいですか、くれぐれも釘を刺しておきますよ。

宗吉』

渡し場が近づいてくると、桜並木が見えてくる。

とはいえ、今は花の時期ではない。葉が赤や黄に色づき、土手を彩る時期だ。満開の花もいいが、葉も中々見応えがある。

「桜紅葉《もみじ》か」

宗庵《そうあん》は思わずつぶやいた。

懐かしい。

子どもの頃、宗庵は土手沿いの赤い葉を見て、秋の訪れを知った。

そういえば、と空を見上げ、ずいぶん高くなっていることに遅ればせながら気づくのだ。銀杏《いちょう》より半月ほど早いが、桜が紅葉するのは秋の盛り。とうに蜻蛉《とんぼ》が飛び回る頃になって、ようやく季節が変わっていることに思い至る、宗庵はそんな子どもだった。

船頭はこちらの独り言を受け流し、黙って艪を掻いている。菅笠を目深《まぶか》にかぶっているせいで顔は半分隠れているが、引き締まった口許が凛々《りり》しい男だ。

「何年経っても、この辺りは変わらないね」

宗庵は船頭に話しかけた。

「わたしは子どもの頃、川向こうに住んでいたんだよ」

「そうですか」

「十年振りに戻ったんだが、相変わらず静かだな。昔と同じだ」

「はい」

「それでも年に二回、花見の時期と紅葉の時期は賑やかになるんだが。どうだい、近頃は。行楽のお客は多いかい」

「春ほどではありませんが、いらっしゃいますよ」

「やはり紅葉を見にくるんだろうな」

「おそらく」

口数の少ない男だと、宗庵は思った。

長身で体つきもしっかりして、見たところ精悍《せいかん》な印象だが、いざ舟に乗っても挨拶をしたきり世間話の一つもしようとしない。それでいて、不思議と居心地の悪さを感じさせなかった。艪の扱いも丁寧で、姿勢がよく、物言いにもどことなく品がある。なぜ船頭をしているのか、不思議といえば不思議だ。

が、余計な詮索はするまい。誰にだって事情はある。

そう思いつつ、宗庵は菅笠に隠れている顔を窺った。

見たところ、三十を少し過ぎたくらいか。おそらく自分と同じくらいの年格好だと宗庵は当たりをつけた。菅笠の下の肌は血色もよく、手足に力も入っている。体は息災《そくさい》だが気鬱《きうつ》の兆候あり。

いかんな――。

気鬱は万病の元である。いくら体が丈夫でも、気が弱ると病を招く。

「病は気から」とは、単なることわざではない。

心配や憂いが続くと血の巡りにも悪い影響を及ぼす。息災でいるには心持ちを健《すこ》やかに保つことが大事。宗庵は蘭方医《らんぽうい》だが、気の充実を要《かなめ》とする漢方医の考え方も大事にしている。何も悪いところを外科手術で切り取るだけが、医者ではない。

実際、自ら実感している。

気が張っていると、不思議と体も無理が利く。反対に、気が塞いでいると風邪を引いたり、腹を下したりする。子どもの頃の宗庵は病がちだった。あれも半分は気持ちが招いたものだと思う。

子ども時代の宗庵はおとなしかった。

陰気だった、というほうが正しい。人の目がまともに見られず、いつも肩をすぼめていた。友だちもおらず、犬が遊び相手だった。

身の上の心細さによるものだと、今ならわかる。

宗庵には、物心ついた時分から父親がいない。身内は母親のおふじだけ。母子二人で身を寄せ合うように暮らしていた。死別なのか離別なのか、そうした事情もおふじに聞いたことがない。いずれにせよ、言いにくい事情があるのだ。子どもながらに悟っており、ことさら訊ねようともしなかった。

隅田川の東側にある橋場は、古くから風流な土地柄とされ、大名や豪商がこぞって別宅を建てている。土手に桜が植えられたのは、四代将軍徳川家綱《とくがわいえつな》公の頃だという。その後、八代将軍徳川吉宗《よしむね》公が享保《きょうほう》二年（一七一七）に百本、享保十一年（一七二六）にはさらに、桜に桃、柳を百五十本植えたとされている。

子どもだった宗庵の目には、わざとらしい作り物に見えた。

見事だが、その裏に人の思惑が透《す》けるようで、素直に感心できなかった。ただの土手を墨堤《ぼくてい》と呼ばせるのも鼻につく。子どもらしい潔癖さで、宗庵は自分の住む土地を疎《うと》んじていた。要するに妬《ねた》みだ。風雅《ふうが》な景色と自分を引き比べるのが嫌で、墨堤を歩くときはなるべく目を伏せていたほどである。

宗庵とおふじも垣根で囲われた、小綺麗な家に住んでいた。が、あてがわれていたのは、昼間もろくに日の差さない北向きの三畳間である。もとは下男用だったのか、母屋《おもや》とは細い廊下でつながっていた。

家はさる豪商の別邸だった。主が妾《めかけ》を住まわせるために買ったもので、母屋からは墨堤の桜並木が見えたものだ。

おふじは女中として雇われていた。

朝は鶏が鳴くより早く起き出し、夜は暗くなるまで部屋に戻らない。

宗庵が一人で床についていると、真っ暗な中、おふじは足音を忍ばせて部屋に入ってくる。先に休むよう言われていたが、寝付けるものではない。

母一人子一人で、身内と呼べるのはおふじだけ。母の体のことが、宗庵はいつも心配だった。おふじは小柄で骨細である。宗庵の前では常に明るく振る舞っていたが、仕事を終える頃には疲れきっているのが足音でわかった。

おふじを雇っていたのは大きな米屋の主だった。

妾は、たま江《え》という芸者上がりの女。

細面の美人で、体つきは痩せているのに、尻ばかり妙に大きい。毎日昼近くまで寝ており、家の中でもあまり物音を立てなかった。待つことのほかに、取り立ててすることがないのである。

米屋の旦那が来るのはせいぜい月に三回か四回。それでも、毎日たま江は濃化粧をして、おふじに馳走を作らせ、訪れを待った。おふじよりいくつか年下で、今にして思えば二十歳そこそこだったが、たま江は威張っていた。

おふじに作らせた馳走も、旦那が来ない日は冷や飯を残して捨てる。どうせ余るのだからと、おふじに寄こすこともない。自分はちょっと箸をつけるだけで、あとは飼い犬にやってしまう。

米屋の旦那が連れてきた犬である。妾のたま江が暇つぶしにかまえるよう、人から子犬をもらったのだ。全体は茶色い毛皮でお腹のところだけが白い、愛嬌のある子だった。たま江は暇に飽かせ、よく子犬をかまっていた。

その犬が死んだとき、米屋の旦那は別の犬をもらってきた。やはり愛嬌のある子だった。

たま江は新しい子犬には無関心だった。前の犬に死なれたのがよほど応《こた》えたのか、懐かれないよう避けていた。おふじを通じて餌はやっていたが、自分では散歩にも連れていかず、名もつけなかった。死んだからといって、すぐに別の犬を連れてくるとは不人情だと、おふじを相手に旦那の悪口をこぼしていたこともある。かといって、旦那が何もしなければ、やはり文句を言ったに違いない。

たま江は手の掛かる女だった。

旦那の訪れに間が空くと、あからさまに不機嫌となり、おふじに当たり散らした。来たら来たで、帰すものかと引き止める。泣き落としや脅しもしょっちゅうで、おそらく面倒だったのだろう。旦那は自分のいない間、退屈しのぎになればと、たま江に子犬をあてがったのである。

二匹目の犬の面倒を見たのはおふじだった。おふじが忙しいときは、宗庵が世話をした。コマと名をつけ、友だちになった。甘えん坊で、いつも後ろをくっついてくるのが可愛かった。もし生きているなら会いたいが。

「ま、無理か」

胸のうちでつぶやいたつもりが、声に出た。怪訝そうな面持ちの船頭と目が合い、宗庵は頭を掻いた。

「申し訳ない。独り言だ。昔、家にいた犬を思い出して、つい――」

「そうでしたか」

「犬を飼ったことはあるかい？」

「あいにく、ございません」

どうにも無愛想な船頭だ。これなら、犬のほうがまだ話し相手になりそうだと思ったら、続きがあった。

「犬ではありませんが、子どもの頃に猫を飼っていたことはあります」

「へえ、猫か。あれも可愛いだろう。気儘《きまま》で、犬とは違って飼い主に尻を向けることもあるようだが」

「可愛いですよ。尻を向けられても、腹も立ちません」

「そんなものかね」

「相手が猫ですから」

「なるほど」

そんなことを話しているうちに渡し場へ着いた。

船頭は艪を使い、ゆっくり舟を岸につけた。

「わたしは宗庵と申す」

名残《なごり》惜しい思いで名を告げた。

「母親の見舞いで十年振りに江戸へ戻ってきたのだが、数日後には、またここから舟に乗る」

「……」

「縁があれば、また乗せてくれ」

突然の申し出に船頭は困惑したようだった。返事を濁している。

「むろん、必ず乗せろという話ではない。そんな約束、端から取りつけることも無理だとは、わたしも承知しているさ。ただ、今は行楽の季節だろう。川向こうへ桜紅葉を見にいく者も多いんじゃないか？」

「そういうお客さまもいらっしゃいます」

「時節柄しょうがないが、わたしは今、そうした行楽客と相席する気持ちになれなくてね。できれば静かな舟に乗りたい。次に渡し場へ来たとき、偶然行き合ったら、また乗せてもらえるとありがたいのだが」

「いいですよ」

船頭の返事は素っ気ないものだった。宗庵は拍子抜けした。

「では、ご縁があれば」

宗庵が舟を降りると、船頭は頭を下げた。

行きずりの船頭に声をかけるという、常らしからぬ振る舞いをしたのは、やはり緊張しているせいか。今からおふじに会うと思うと、胸が塞がれるような気分になった。

いっそ、引き返せればどれだけいいか。宗庵は己を叱咤《しった》し、急ぎ足に土手を上っていた。勾配《こうばい》のきつい坂道を、草をかき分けながら道へ出る。

江戸を離れて十年になるが、帰国してみると、周りの景色はほとんど昔と同じだった。

ここでは宗庵ではなく、おふじの倅の宗吉《そうきち》。そう思うと、途端に内気な自分に戻る。

宗庵は足を止め、息を深く吸った。

精進を重ね、蘭方医の末席に名を連ねるようになった。今の自分は墨堤の桜並木に怖《お》じけることもない。もし知り合いに会ったら、堂々と挨拶をすればいいのだと思いつつ、ふと気づけば下を向いている。

故郷の土地を踏むと、どうしてもあの頃の心細さが戻ってくる。宗庵は自分の足下ばかり見て歩いた。

『宗吉
暑い日が続くけれど、体を壊したりしていないかい。

母さんは相変わらず達者です。この歳になって友だちもできました。およしさんといってね、母さんと同じやもめ。歳は違うけど、お互い助け合ってやっています。

お前は長崎でしっかりやりなさい。三十を過ぎた男が母さんに会いたいなんて、子どもじゃあるまいし。まったく情けない。

帰ってきても会わないからね。

母より』

おふじは宗庵がいくら文を書いても、江戸へ戻ることにいい顔をしなかった。

昨年から何度か文で打診しているのだが、つれない返事を寄こすばかり。せっかく長崎で学んでいるのに勿体ない、医者として一人前になるまで江戸の地は踏ませない、と拒む。

子どもの頃から厳しいところのある母親だった。

貧乏人の倅が他人様の厚意で学ばせてもらっているのだ、一日も早く独り立ちするのが恩返し。学問を投げ出して逃げ帰ったりしたら許さないよと、江戸を発つときにも言われた。至極《しごく》もっともだと思ったから、これまで精進を続けてきたのだが。

遠く離れた長崎にいるからこそ、母がどうしているかと心配でならなかった。おふじの言うことはもっともだが、学問には終わりがない。到達したと思えば、新たな壁があらわれ、どこまでも探求の道は続く。ひょっとすると、一生を費やしても終わるかどうか怪しいと思っている。

如何《いかが》したものか。と、思案を巡らし――。

ようやく帰省を決めたのが、二カ月前のこと。


文に添えられた地図を頼りに、宗庵はおふじの住まいを探した。

目印は柿の木だという。秋になると近所でも評判になるくらい、赤くて大きな実をつけるから、すぐにわかる。

そう文には書いてあるが、歩いてみると見つからなかった。宗庵はぐるぐると歩き回り、秋だというのに汗をかいた。

「おかしいな」

足を止め、懐から手拭いを出して額を拭う。

もう着いてもよさそうなものだと、何気なく上を見たら、木の枝に止まっている烏《からす》と目が合った。嘴《くちばし》でしきりと赤い実をつついている。

「ここか」

灯台もと暗し。

すぐ目の前に柿の木があった。地図に目を落として歩いていたせいで、こんな傍に大きな木が植わっていることを見落としていたのだ。

ここか——。

たどり着いたのは八軒長屋だった。宗庵は木戸の傾いた長屋をしげしげと眺めた。辺りを見渡しても、他に柿の木はなかった。地図が示す限り、ここがおふじの住まいである。

うらぶれた長屋を前に、胸が重くなった。

柿の木はいわば色の変わった木戸の目隠しで、これがなければ、もっとみすぼらしい姿を晒しているだろう。日当たりだけはよさそうだが、どぶ板は腐りかけており、うっかりすると踏み抜きそうだ。

木戸を入り、手前の戸口の前で立ち止まる。

表戸の障子には花の形の継ぎが当たっていた。間違いない。おふじの住まいだ。

たま江の家に住んでいた頃も、宗庵がいたずらして破った障子に、おふじはこれと同じ花の形の継ぎを当てた。

樋《とい》が詰まっているのか、壁は黒ずんでいる。

宗庵の知っているおふじなら、こんなだらしなくしておかない。

戸を叩く前に、宗庵は覚悟した。

2

十日後。

土手を歩いていると、声をかけられた。

「あの――」

ぼんやりしていたせいか、初めは気づかなかった。

「お客さん」

再度声をかけられ、はっとして足を止めた。誰かと思えば先日の船頭だった。川岸で舟を舫《もや》い、こちらを見上げている。

宗庵が土手を下りていくと、船頭が言った。

「ご縁がありましたね」

「そうだな」

自分で口にしておきながら、まさか本当に会えるとは思わなかった。宗庵は土手を下り、舟に乗った。

「おっと」

足下がふらつき、ひやりとした。さりげなく船頭が腕を支えてくれなければ、転んでいたところだ。

「大丈夫ですか」

「危ないところだった。助かったよ」

思わずため息をつくと、船頭はわずかに口の両端を持ち上げた。それだけのことだが、宗庵は親しみを覚えた。本当にそうだ。またこの舟に乗れたのは縁だ。

「言ってみるものだな」

舟に荷を下ろし、宗庵はつぶやいた。

「ええ」

相変わらず素っ気ない相槌である。今はそれがありがたかった。

「では、出しましょうか」

「ああ」

「どちらへ着けますか」

「そうだな――」

十日前のことが既に懐かしかった。この船頭と会ってから、ずいぶんときが経った気がする。宗庵はくたびれていた。腰を下ろした途端、どっと体が重くなったのを感じた。

宗庵は舟の中から川向こうを眺めた。丹精《たんせい》に育てられた桜並木から、つい先程歩いてきた墨堤に目を遣る。疎んじていたはずの景色なのに、いざとなると離れがたい。しばし宗庵は放心した。

『母さん
道中より文を書いております。

今は小倉です。母さんに言えば叱られると伏せておりましたが、実は船に乗っています。速いですね。思いきって贅沢をした甲斐がありました。

この分だと、墨堤の桜が紅葉する頃には、そちらへ到着できそうです。

無駄遣いをして、と顔をしかめないでくださいよ。これでも蘭方医の端くれとして稼いでおります。

ですから、母さん。

もう何の心配もいりませんよ。今後はわたしに孝行させてください。お友だちになったというおよしさんにも、途中で土産を買ってまいります。

宗吉』

川風にあおられ、ふと宗庵は物思いから醒《さ》めた。

「すまない」

どこへ着けるのかと問われたまま、答えずにぼんやりしていた。船頭は黙って宗庵の返事を待っている。

「わたしは今日、長崎に戻る」

「………」

「江戸には里帰りに来たんだ」

「短い里帰りですね」

この舟に乗り、川向こうへ渡ったのは十日前である。船頭は意外そうな声を出した。

「ああ。もう用事は済んだからな」

「そうでしたか」

「急いで戻ることもないが、ここにいても暇を持て余すだけだから。離れて十年も経つと、知っている人もいなくてね」

宗庵の独り語りを船頭は黙って聞いていた。

「長い旅になる。その前に少しゆっくりしたい。どうも疲れていてね。勝手を申してすまないが、しばらく辺りを流してくれるか」

「わかりました」

船頭は静かに艪を漕いだ。

川風は冷たかった。十日の間に季節が進み、秋が深まったようだ。船頭が舟を漕ぎだすと、宗庵は目を閉じた。ひんやりした川風に顔を晒しているせいか、徐々に心の臓が落ち着きを取りもどしてくる。

ふと頬を軽いものがかすり、目を開けたら落ち葉だった。宗庵は赤い葉をつまんだ。乾いてすっかり朽《く》ちている。ここへ着いたとき、桜並木は紅葉の盛りだったのに。川向こうへ目を遣れば、もう葉が散りはじめている。

花もそうだが、桜は紅葉の盛りを迎えたかと思うと、ほろほろと葉を落としはじめる。

子どもの頃から苦手だったのはそのせいかもしれない。蕾《つぼみ》の頃はいつ咲くかと期待させておいて、いざ開くとあっという間に散る。命ある者はすべてこうして消えていくのだと、見せつけられているようで嫌だったのだと思う。

犬のコマはとうに亡くなっていた。

それでも宗庵が長崎に発った後も数年は生きたらしい。十三歳だったというから、犬としては長生きだ。それが縁の切れ目というわけでもないだろうが、たま江と米屋の旦那の仲も終わった。

だから、おふじも仕事を失い、引っ越す羽目になったのだ。

知っていれば帰省していた。が、おふじは黙っていた。だから宗庵は何も知らず、おふじはたま江のところで働いているものと思い込んでいた。

宗庵は遅くに生まれた子である。江戸と長崎に離れて暮らす間に、おふじは五十の坂を越えた。いつまでも働かせては体に応えるはず。そろそろ本当に帰ろうと文を出したら、間を置いて、短い返事がきた。

『宗吉

すまないけど、今は困るよ。

たま江さんが体調を崩していてね、看病に忙しいんだよ。

母より』

それなら仕方ない。

たま江には、長年働かせてもらった恩がある。が、翌月もおふじは都合が悪いと言ってきた。体調が戻ったと思った矢先に、たま江が今度は転んだというのだ。コマを散歩させていたら、いきなり走り出し、綱を引っ張られたという。その怪我が回復したら、今度は気鬱と言い出した。

さすがに妙だと思った。

確かに、昔からたま江は医者掛かりの多い女である。犬を連れていれば転ぶこともある。病が治った途端に怪我をすれば、気も塞ぐ。病は病を呼ぶ。宗庵の患者にも、そういう不幸な者はいる。

が、たま江は犬には一匹目で懲りたはず。今さら散歩に連れていくだろうか。そもそも、二匹目のコマが存命というのも信じがたかった。ならば、同じ名の三匹目がいるのか。おふじの文には、よくわからないことがあった。

昔から病気がちな女なのは確かだが――。

頭が痛い、腹がしくしくするとこぼしては、医者の幻庵《げんあん》を呼びつけていたことを、宗庵はよく覚えていた。

かかりつけ医の幻庵は呼ばれるたびに家に来て、たま江の話を聞いた。薬も処方していたが、ほとんど気休めだったに違いない。たま江の不調は、誰かに愚痴を聞いてもらえば収まる。病のもとは体ではなく、胸の中にある。たま江は旦那の訪れを待つだけの日々に倦《う》んでいたのだ。

要するに、医者の治せる病ではない。

果たしてそんなものに薬が効くのか。腹痛をやわらげる薬だと言って、金平糖《こんぺいとう》を舐めさせたら、案外けろりと治るのではないか。

ある日、幻庵にそう言ったら笑われた。

おふじに頼まれ、犬の散歩に行った帰りに出くわし、声をかけられた。

幻庵はまだ若く、当時二十五、六。柔和《にゅうわ》な面持ちで、旦那と比べると気安い雰囲気だった。それまでも何度か話したことがあったから、つい軽口を叩いた。口の重い宗庵にしては珍しいことだった。

その頃、宗庵は十二、三歳だった。おふじに似て柄が小さかった分、もっと幼い子どもに見えたかもしれない。

「いい考えだが、金平糖ではいかにも菓子だ。わたしなら落雁《らくがん》を使うが」

真顔で幻庵は答えた。分別《ふんべつ》くさい口振りながら、頬がゆるんでいる。面白がっているのだ。子どものくせに生意気な、と叱られると思っていたから意外だった。

「落雁なんて、見たことも食べたこともないよ」

「ならば、次に来るとき持ってまいろう。後学のために」

それが初めて口を利いたときのこと。以来、幻庵と親しくなり、今の自分がある。

しばらくして、幻庵がたま江に偽薬を与えていたと知った。

世話の焼ける女と疎んじていたが、たま江は恩人である。幻庵は薬の代わりに金平糖を舐めさせろと言い放った子どもを気に入り、書生《しょせい》にした。

好きなときに来てよいと言われ、宗庵は近所の幻庵の家に入り浸った。いろはに始まり、医学の指南も受けた。独り身の幻庵の部屋は書物で溢れており、畳は薄汚れ、隅には綿埃《わたぼこり》が溜まっていた。あちこちの患者に呼ばれて忙しく、掃除をする暇がないのである。宗庵は箒《ほうき》を借りて家中を掃き、雑巾《ぞうきん》をかけた。

やがて、幻庵はおふじのもとを訪れ、息子を医者にしないかと説いた。助手として働いてもらうから費用は不要。自分が面倒を見て、一人前にしてみせると請け合い、おふじを感激させた。

長崎で学ばせてくれたのも幻庵である。これからは蘭方医の時代だとおふじに言いに来て、宗庵を助手として同道させてくれた。二十歳のときだ。

舟に揺られていると、どこか心許《こころもと》ない気持ちになる。

風は冷たいが日差しは柔らかい。長崎を出るときの肌を刺すような強さはもうない。それでも川面の照り返しは眩しく、宗庵は目を細めた。

「小春日和だね」

「こういう日は舟を漕いでいても気持ちいいんです。川も空の色を映して、いつまで眺めていても飽きません」

「そうだろうな」

「もう数日すると、川にも赤い葉が広がるんです。水面の紅葉も風流で、お好きな方が多いですよ」

知っている。

宗庵も昔、この時期になると川をよく覗き込んだものだ。いつも下を向いているから目に入った桜並木を見上げるのは面映《おもは》ゆくても、枝を離れ、川に落ちた葉を眺めるのは気楽で、素直に感嘆することができた。

「失礼いたしました」

物思いに耽《ふけ》っていたら、船頭が詫びた。

「お客さんはご存じですね。川向こうに住んでいたとおっしゃっていましたから」

前に舟に乗ったときに話したことを、船頭は覚えていた。

「昔の話だよ」

相槌を打ち、水に沈む落ち葉を見た。

「きれいなものだな」

川は静かだった。さっき小春日和と言ったばかりだが、水の音はやはり晩秋である。春はもっと川音が明るい。この匂いも知っている。秋になると、風は焦げたような匂いがする。川向こうの奥には田が広がっており、収穫を終えた後に田を焼くのだ。

「母とわたしは墨堤の近くに暮らしていたんだ。大きな米屋が妾のために買った家でね、母は炊事や洗濯をしていた」

思いつくままに、宗庵は問わず語りをはじめた。

「妾に住まわせるくらいだから、普請《ふしん》のしっかりした家で庭もあった。犬はそこで飼っていたんだ。もう亡くなったが、コマという名でね。よく懐《なつ》いていた」

「亡くなったのですか。それは寂しいですね」

「まあ、仕方ない。何しろわたしが江戸にいた頃にもらった子だから、長生きしたほうだ。最後まで面倒を見てやれなかったのが残念だが――」

その先を続けようとして、ふと宗庵は口を閉じた。

じきに向こう岸に着く。行きずりの船頭が相手なら聞き流してくれると思ったが、この先は長い話になる。

船頭は黙ってこちらを見ていた。宗庵の話の続きを待っているのだ。菅笠の下から、満更お愛想でもなさそうな、神妙な顔が覗いている。

「船頭さんの母さんは息災かい？」

一瞬、返事に間が空いた。

「――だといいのですが」

やがて船頭は答えた。気を悪くしたふうではない。

「長く離れて暮らしているもので、どうしているか知らないのです」

「悪いことを訊いたね」

「いえ」

話を変えようと思ったが、船頭は自ら先を続けた。

「親不孝をいたしまして。今では住まいもどこにあるのか知りません。ですが、息災であってくれればいいと願っております」

訥々《とつとつ》とした語り口に船頭の悔いがにじんでいる。どんな事情があるにせよ、この男は悔やんでいるのだ。

「息災だといいな」

「ありがとう存じます」

船頭は丁寧に礼を言い、舟を岸につけた。川縁に薄《すすき》が群れている。宗庵は荷を抱え、舟を降りた。

「前にも申したが、わたしは宗庵という」

岸に立ち、宗庵は名乗った。船頭は黙ってこちらを見返した。菅笠の奥の目がわずかに揺れている。

「新市《しんいち》です」

小さな声で返し、船頭は頭を下げた。辞儀の仕方も堂に入っている。事情があって船頭をしているのだろう。

生き別れか――。

母親も新市の身を案じているに違いない。自分と同じ年回りなら、親はおそらく五十過ぎ。いつ何が起きてもおかしくない歳だ。

「早く会えるよう、わたしも願うこととしよう」

「よい旅を」

背を向けると、新市が言った。

本当にそうなればいい。宗庵は振り返り、軽く手を挙げた。新市を乗せた舟は滑るように去っていった。

3

渡し場についたら、空腹を覚えた。

朝が早かったせいで、何も食べていないのである。昨夜も食が進まなかった。この先は長旅だ。無理にも食べておいたほうがいい。

ちょうどお誂《あつら》え向きの飯屋を見つけた。

平仮名で『しん』と書かれた白木の看板が目に入った。暖簾が川風に翻っている。旅人相手の飯屋だろう。醬油の匂いに誘われ、宗庵は飯屋に向かった。

「いらっしゃいませ」

店に入ると、色白な女が出てきた。三十半ばか。秋らしい臙脂《えんじ》の着物に白い前垂れを締めている。化粧気はないが、体つきがふっくらして頬に笑窪があり、若々しく見える。

宗庵は女に勧められ、入って左手の長床几に腰を下ろした。先客は二人。いずれも手甲、脚絆に草鞋がけの旅支度をしている。

「さ、どうぞ」

女は盆に載せて熱い茶を運んできた。さっそく口をつけると、空っぽの胃の腑がじんわり温まった。

「今日はいい鮎《あゆ》が入っていますよ」

「鮎？　もう落ち葉の季節なのに珍しいね」

宗庵が応じると、女は笑窪を深くした。

「そうお思いになりますでしょう。鮎といえば、夏のお魚ですから。でも、秋の鮎もおいしいんですよ。お腹に卵をたくさん抱えておりますので」

「へえ」

「落ち鮎、と申すんです」

「ほう」

そいつは知らなかった。

女が言ったように、宗庵も鮎といえば夏の魚と思っていた。おふじもたま江の旦那のために、夏になると魚市場まで行って買ってきたものだが。

「なんて、受け売りですけれど」

照れ笑いをして、女は厨にちらと目を遣った。

「ねえ、平助さん」

甘えたような声で呼びかけると、背丈の低い年寄りが出てきた。白髪頭に豆絞りの手拭いを巻いている。

「秋の鮎もおいしいのよね」

「おう、うまいぜ」

色が黒く、煤《すす》けた団栗《どんぐり》みたいな顔をした老人である。

「お客さん、鮎はお好きかい？」

「どうだろう。あまり食べたことがないから。うちは貧しくて、鮎は高嶺《たかね》の花だった」

「ふうん。そんなふうに見えないね」

平助が言うと、慌てたように女が肘をつついた。

「何だよ」

「失礼ですよ」

女が窘めても、平助はけろりとしている。

「俺は褒めたんだぜ。とても貧乏育ちには見えない、って。子どもの頃から鮎を食いつけていなさるかと思ったよ。おけいさんもその口だろ」

「知りません」

おけいと呼ばれた女が顔を赤くする。

「ごめんなさいね。鮎の話をしてもらおうと思って呼んだのに、失礼なことを申し上げて」

「いえ、ちっとも」

宗庵はかぶりを振った。

「ほら、お客さんがこう言ってなさる」

「調子に乗らないの」

「乗ってねえって。鮎の話だろ？　お客さん、もし川魚がお嫌いでなかったら、騙されたと思って食ってみねえかい。今時分の鮎は腹子《はらこ》がうまいんだよ、ぷちぷちして」

「ししゃもみたいなものですか」

「そうそう」

「滋養がありそうだ」

「そりゃあ、もう。何てったって腹子は卵だからね。俺みたいな年寄りには薬みたいなもんですよ」

「なるほど」

薬か。

食べてみようかと、宗庵は思った。

「では、塩焼きになさいますか」

おけいに問われ、宗庵はうなずいた。

「ご飯は柔らかめがお好きですか、それとも硬めですか。うちは、お客さんのお好みで炊くようにしているんです」

「どちらでも」

米の炊き加減の好みなど、これまで意識したことがない。宗庵にとっては白い飯を食べることが贅沢なのだ。

「お家のご飯はどうでしたか？」

「どうだったかな」

首を捻り、昔を思い出す。

子どもの頃、宗庵は冷や飯ばかり食べていた。たま江と旦那のために炊いた余りものだ。硬いも柔らかいも、腹がふさがればそれで満足していたが、世間では米の炊き方にも好みがあるらしい。

どうやらこの飯屋は、客の口に合わせて料理を出すのが売りのようだ。なるほど、と思うものの、あいにく宗庵は食に好みがない。子ども時分も今も、腹を満たせればそれで十分であった。

こういうところに貧しい育ちが出るのだなと、宗庵は感じた。

せっかく親切に訊いてくれているのに、木で鼻をくくるような返事をしては申し訳ない。どうしたものか。宗庵が困っていると、厨から別の女が出てきた。地味な絣《かすり》の着物に、おけいと揃いの白い前垂れを締めている。歳は平助より少し下といった年配だが、姿勢のいい美人だ。

「まずは、こちらを召し上がれ」

目の前に小皿が差し出される。

「ひじきの白和《しらあ》えか」

これなら知っている。子どもの頃、おふじがよく膳に出していた。

「うまいですね」

「ちょっといいお豆腐を使っているんですよ。味が濃くておいしいでしょう」

この女は、おけいの母親だろうか。顔や体つきにさほど似通ったところはないが、二人とも立ち姿がいい。

「おけい、お茶のお代わりをお持ちしなさい」

「はい」

女に命じられ、おけいは厨に戻った。平助も後を追う。様子から、やはり女二人は母娘だと思われた。

「気に入ったら、お代わりしてくださいな。たくさん作りましたから。疲れているときでも、豆腐だったらお腹に入るでしょう」

「疲れているように見えますか」

「ええ、とても」

きっぱりと断言され、宗庵は苦笑いした。

「いけませんな。医者の不養生《ふようじょう》だ」

「あら、お医者さまなの？」

「ようやく勉学を終えて、里帰りしにきたんです」

「まあまあ。ご苦労さまでございました」

女はねぎらいのこもった声で言った。

「この歳になると、お医者さんにお世話になることも増えますでしょう。里帰りなさったということは、今後はどちらでお医者さんをされるの？　この辺りだったら頼もしいわ」

「いえ――」

「あら、違うの」

叶《かな》うなら、そうしたかった。

「お二人は母娘でいらっしゃいますか」

「そうですよ。うちは娘と二人でやっているんです。娘がけいで、わたしがしげ。色の黒い爺さんは平助といって、勝手場を任せております。先程はうるさくしてすみませんでしたね。しょっちゅう、喧嘩しながらじゃれ合っているんですよ」

思わず宗庵は笑った。

喧嘩しながらじゃれ合うとは、まさにその通り。

「わたしは母に会いに、江戸へ戻ってきたのです」

「それまでどちらに？」

「長崎です。二十歳のときから十年、蘭学を学んでおりました」

「まあ、素晴らしいこと。蘭方医でいらっしゃるの。優秀でいらっしゃるのねえ。江戸でもめったにおりませんよ」

「運がよかっただけです」

謙遜ではない。宗庵はかぶりを振った。

たま江がよく家に呼びつけていた医者の幻庵の助手として、長崎で蘭方医の修業をしたのである。それまでも家に出入りし、蘭学の指南を受けていた。慈悲深い師匠と巡り合えたおかげで、宗庵は医者になれた。そうでなければ、今頃は墨堤のどこかの屋敷で下男をしていたことだろう。

「運を活かすのもその人の器量ですよ。立派なお医者さまになられて、お母さまもさぞや喜ばれたでしょう」

「………」

「わたしも人の親ですからね、よくわかりますよ」

どうだろうか。

「わたしが長崎へ行っている間に、母は病に罹《かか》っておりました」

それも重病である。

腹に悪いしこりができ、全身に広がっていた。宗庵が診たときには手遅れだった。病はどんなに腕のいい蘭方医でも、もはや治せないところまできていた。が、あと二年、いや一年早く知らせてくれれば、どうにか手を打てたのではないか。

考えても詮ないことが、ずっと頭で渦を巻いている。

「母はわたしに伏せていたのです。自分が病と知れば、息子が江戸へ駆けつけてくるからと、息災な振りをしていました」

あんな体になるまで、よく辛抱したと思う。

なぜ打ち明けてくれなかった。二人きりの親子なのに水臭いではないか。旅費のことを案じたのか。おふじのためなら借金でも何でもして駆けつけたのに。

宗庵はひじきの白和えをつまんだ。

「母もよく、豆腐料理を作りました」

「おいしいものね」

「安いからですよ」

味も淡泊な分、様々に工夫もできる。

「ひじきもしょっちゅう食べました。こうやって白和えにしたり、胡麻油で炒めたり。冷や飯に混ぜてもうまいんです」

「お母さまは、他にどんなものを作ってくださったの」

「そうですね」

目をしばたたかせ、昔を思い出した。おふじは料理上手だった。安い具材を様々に作りわけ、育ち盛りの宗庵の腹を満たそうとしていた。北向きの三畳間で、おふじと二人で囲んだ食卓を思い返す。贅沢なおかずが出た覚えはないが、今となっては懐かしい。

「油揚げに納豆を詰めて、網で炙ったものだとか」

「ああ、わたしも好きですよ。香ばしくてね」

「寒くなると、湯豆腐も食べました」

問われるまま答えるうち、宗庵はふっと笑った。

「豆ばかりだ」

「滋養があるからでしょう。それに、同じものを使っていろんなおかずを拵《こしら》えることができるのは料理上手の証ですよ。『豆腐百珍』を読んでいらしたのかしら」

「家にありました」

「あら、やっぱり」

「そういえば『卵百珍』もあったな」

たま江のためだ。

あの女は着物や帯には金をかけたが、食べることには無頓着《むとんちゃく》だった。旦那のためには馳走を作らせたが、自分は卵や豆腐で済ませていた。

考えてみれば、たま江も貧しい育ちなのだ。妾になる前はどこかで芸者をしていたという話で、威張っていたのも虚勢だった気もする。おふじは息子のためだけでなく、子ども舌のたま江のために工夫を凝らしたのかもしれない。この歳になると、そうしたことがわかってくる。

師の幻庵が呼ばれるたび律儀にやってきたのも、たま江の痛みを知っていたからか。体はどこも悪くないのに、痛みを訴える患者がいることは、宗庵も医者となって知った。今までたま江をみっともない女だと侮っていたが、妾暮らしのような心細い日々を過ごしていれば、頭や腹が痛くなるのも道理。寂しさは胸を蝕《むしば》むものだから。

おふじもそうだったに違いない――。

宗庵は思い、込み上げてくるものを堪えた。

医者になど、ならなくてもよかったのだ。おふじと同じように墨堤の屋敷に雇われ、下男にでもなれば傍にいられた。そうすれば親孝行できた。少なくとも、寂しい思いはさせずに済んだはずだ。

「お待たせいたしました」

遠慮がちな声がして、おけいが食事を運んできた。

目の前に湯気の立った白い飯と味噌汁、鮎の塩焼きが並ぶ。飯は小さなお櫃に入っている。鮎は一目で子持ちとわかるほど、腹がふくれている。料亭で出てきてもおかしくない。

北向きの三畳間から、急に明るいところに出てきた思いがした。炊き立ての飯はいかにもうまそうな甘い匂いを放っており、腹が鳴った。それでも宗庵は箸をつけなかった。

「お気に召しませんか？」

心配そうにおけいが問う。

「いや」

出た声が湿っていることにたじろぎ、宗庵は黙った。おけいが自分を案じているのを感じ、箸を取る。まず味噌汁に口をつけた。葱と麩《ふ》が入っている。

「うまいです」

宗庵が言うと、おけいは目許をほころばせた。大きめの口がきゅっと上がり、笑窪が浮かぶ。

続いて飯を頬張った。熱くて甘くて喉が焼ける。嚙むのももどかしいようにして飲み込み、二口目を食べた。炊き立ての飯は宗庵にとってご馳走である。硬かろうと柔らかかろうと、構わない。

ふと面を上げると、おしげと目が合った。

「ご飯、お代わりなさるでしょう」

空になった茶碗を宗庵から受けとり、お櫃の蓋《ふた》を開け、二膳目をよそう。

「ありがとうございます」

子どもの頃は、お代わりをするにも遠慮していた。自分が食べればおふじの分が減る。そう思って辛抱しようとしても、子どもの腹は正直で、一膳の冷や飯では満足しなかった。おふじもそれをわかっていて、いつも宗庵の茶碗が空になるのを見計らい、お代わりをよそってくれたものである。

「どうしたの。もうお腹一杯？」

「……」

「鮎にも手がついていないけど」

「すみません」

「川魚がお嫌いなわけではないのね」

「ええ」

宗庵がうなずくと、おしげは低い声で笑った。

「何を考えているか当ててみましょうか」

「え？」

「お母さんのこと」

図星を指され、宗庵はうろたえた。

「自分だけ贅沢するのが心苦しいのでしょう。違う？」

「………」

違うと答えれば嘘になる。

「鮎は値の張るお魚だから、あまり家では食べないものね。お母さまでなくても、買うのは躊躇《ちゅうちょ》なさいますよ。食べ盛りの子のお腹を満たすには、米もたっぷり要《い》りますしね」

「貧乏だっただけです」

「骨の多い川魚が苦手な子どもは多いですから。お母さまは立派な方じゃないですか。お金があるなしにかかわらず、子どもには贅沢なものより、滋養のあるものを食べさせたいのが母親ですよ」

「そんなのは綺麗事でしょう」

宗庵は思わず言い返した。

「そうかしら」

「綺麗事にしか聞こえません」

「強情ね」

「うちの母も鮎を見たことはあるでしょう。魚河岸にもよく使いに行っておりましたから。けれど、人のために焼いたことはあっても、自分の口に入ることはなかった。それを思うと食べるのが申し訳なくて、ためらっていたのですよ。注文しておきながら、女々しいことを申してすみません」

一方的に捲《まく》したてたら、頬が熱くなった。たまたま入った飯屋の女将を相手に、なぜこんな打ち明け話をしているのか。気づけば先客も宗庵を見ていた。睨みつけようとしたが、悪いのは声を荒らげた自分だ。

「――くだらない話をいたしました」

宗庵は長床几から腰を浮かした。ここにいては商売の邪魔になる。先客の食欲が失せる前に退散したほうがいい。

「どうした、ずいぶん賑やかじゃねえか」

厨から平助が出てきた。

「俺の名も聞こえたみてえだが、空耳かい」

「何でもありません」

「またまた。年寄りでも、自分の噂は聞こえるもんだぜ。——あれ、鮎が手つかずじゃねえか。熱いうちに食ったほうがうまいのに」

平助は口を尖らせた。

「ほら、年寄りの言うことは聞くものですよ」

「そうだぞ、おしげ婆さんを怒らせると怖いからな」

「誰が婆さんです」

おしげが横目を使っても、平助は空とぼけた。「ん？」と首を傾げ、何のことかという顔をしている。

「まあ、ともかく鮎を食ってくれよ。落ち鮎を食えるのは今の時期だけだ。腹に子を抱いたまま焼かれたってのに、残されると鮎も浮かばれねえ」

「その通り。鮎が化けて出るわよ」

「おお怖え。おしげさんが言うと、本当に出そうだ」

平助がおどけて身を震わせると、先客が笑い声を上げた。

「てなことで、食ってくんな」

にっと黄色い歯をこぼし、平助は厨に引っ込んだ。

何なんだ――。

呆気《あっけ》に取られつつ、宗庵は浮かしていた腰を長床几に戻した。二人がかりで迫られ、化けて出るとまで言われては、食べるほかない。

あらためて箸で鮎の腹を割り、口へ入れると、ほろ苦かった。塩がよく効き、泥臭さもない。冷めかけていても、鮎は十分おいしかった。さっぱりした身と卵が混ざりあい、ご飯と合う。

「仲がいいんですね」

「そうかしら」

おしげの返事は素っ気なかったが、こんな小さな飯屋だ。不仲ならば続くまい。

「わたしには、喧嘩しながらじゃれ合っているように見えます」

宗庵が皮肉を口にすると、おしげはくるりと目を剝いてみせた。

先客は食事を終え、店を出ていった。おけいは空いた皿を盆に載せ、厨へ行った。

洗い物の音がする。ときおり平助の嗄《しやが》れ声に合わせ、おけいが笑う。しばし、店には宗庵とおしげの二人きりになった。

「落ち鮎はね、身より卵のほうがおいしいのよ。食べてみるとわかるでしょう。身は痩せているの」

「卵に養分を取られるからですか」

「ええ、そう。お医者さまならおわかりでしょう。お腹に子がいるときは髪も抜ける上に、歯も悪くなって、女は一気に歳をとる」

秋から冬にかけて、鮎は子を産みに川を下る。卵を産んだら、そこで終わり。一年限りの短い命なのだという。年魚《ねんぎょ》と呼ばれるのだとか。

「それはまた儚《はかな》い」

宗庵が唸ると、おしげは含み笑いした。

「あら、ごめんなさい。思った通りのことをおっしゃるから、つい」

「無粋《ぶすい》な男でして」

「そんなつもりで言ったのではありませんよ。一年しか生きられないんだもの、気の毒よね。子を産んだら母魚の命はおしまい。死んでしまうのですって」

「そうですか」

「健気《けなげ》でしょう」

要するに、母親は子に尽くして当然と言いたいのか。

つまらん――。

こんな御託《ごたく》を聞かされるとは。宗庵は徒労《とろう》を感じた。内心思っていることが顔に出たのかもしれない。

「別にお説教するつもりじゃありませんよ」

おしげが言った。

「わたしも母親ですけれど。親子だって、いろいろですからね。母親がみんな、子のために喜んで命をなげうつとは申しません」

「鮎とは違うのですね」

「そこが人と魚の違うところかしら。子どもより自分が可愛い母親もいますよ。だけど、産むときはどんな母親も命がけですからね。いざ産む段になって、やっぱり止《よ》すと言い出す母親はいません」

まあ、確かにその通りだ。

「なのに、子は勝手なことばかりするのよねえ」

親の心子知らず。

おしげはそう言いたげに片頰を上げた。

「あなたが長崎に行くことをお母さまは反対なさったの？」

「賛成してましたよ」

本心だと思う。

おふじは幻庵に感謝していた。これで立身の道がついたと、我が子の幸運に涙ぐみ、「先生には一生、足を向けて寝られない」とはしゃいでいたものだ。宗庵を手放す寂しさより喜びが勝っていたと思う。

「だったら、お母さまを江戸に残していったことを悔やんでいるの？」

どうだろう。

連れていきたくても、現実として無理だった。それができるなら、端からおふじと一緒に長崎へ行った。

「でも、あなたが一緒に行ってくれと頼んでも、お母さまは了承なさらなかったのじゃないかしら」

「そんな金はありませんからね」

「お金があっても同じですよ。子の門出にくっついていく母親がいるものですか。おしめをつけた赤ん坊じゃあるまいし」

「どうですかね」

宗庵はうなだれた。

長崎へ発ったとき、宗庵は二十歳だった。

それまでも幻庵の助手をつとめていた。蘭方医でなくとも、江戸に留まったまま、医者となる手もあったはずだ。幻庵が長崎で蘭方医の修業をすると決まったとき、諦めるべきだったのかもしれない。

端から分不相応なのだ。蘭方医など、貧乏人が目指す道ではなかった。だから母親を捨てることになる。「一緒に行かないか」と幻庵に声をかけられ、浮かれてついていった自分は、やはり親不孝だと思う。

「暗い顔ね」

「子どもの頃からよく言われます」

「頑固だこと。お母さまも、病で伏せっていることを黙っていたとおっしゃったわね。似た者親子なのかしら。お二人とも意地っ張りで」

そうかもしれない。

おふじは粗末な八軒長屋で暮らしていた。前にたま江にあてがわれていた北向きの三畳間のほうが、普請が上等な分、まだましだった。畳はすっかりそそけ立ち、歩くと足袋裏に刺さるような部屋で、おふじは寝込んでいたのである。

「母は引っ越したことをわたしに隠していました。さらに落ちた暮らしぶりを見せたくなかったのでしょう」

おしげは痛ましげな面持ちをしている。

「言えば、あなたが心配するからよ」

「隠していられると、よけい心配です」

「子の気持ちとしてはそうでしょうけど。——わたしにはお母さまの気持ちがわかりますよ。あなたの足を引っ張りたくなかったのね」

だから、おふじは嘘をついたのだ。

本当は死病を患っていたのに。今も息災で、たま江のところで働いている振りをした。

病状を打ち明ければ、宗庵は長崎から戻る。ことによっては、そのまま自分の看病のために江戸に留まると言い出すかもしれない。志半ばの息子を思い、おふじは一人で死のうとしたのだ。

長崎へ発って以降、おふじとは文のやり取りだけ。いくら息災だと書いてきても、歳を考え、宗庵も言葉の通り信じていたわけではない。蘭方医となった後、どこで暮らすにせよ、おふじと暮らすつもりでいたから、里帰りして話し合いをするつもりでいた。

なのに、おふじからは色よい返事が来ない。何だかんだと理由をつけ、宗庵の帰りを拒む。おふじの都合ならともかく、たま江の名を出されると宗庵も無理強いできず、そのうち違う筆跡で文が届くようになった。

おかしいと思ったのだ。

たま江はもう、あの家に住んでいなかった。旦那には次の妾がいた。宗庵の文を迷惑がり、旦那に告げ口をしたらしい。突然、達者な文字の文が届き、おふじが越したことを知らされた。

そのまま放っておいてもいいところ、旦那はおふじの近況を伝えてきたのである。手紙を読み、宗庵が何も知らないと察したのだろう。病を患っていると知らせてくれた。コマが死んだことも。

子どものときには気づかなかったが、旦那は情の厚い人だった。

慌てて幻庵に事情を話し、里帰りの許しを得た。おふじには黙って戻ることにした。江戸からは相変わらず元気だと文が届いていたからだ。

果たして、いざ江戸に戻ってみれば、おふじは面変わりしていた。別人のように痩せて、髪も眉も白くなり、肌にも色がなかった。一瞬、目を疑ったほどだ。既に顔には死相があらわれており、診る前から、もう駄目だとわかった。

「――母さん」

呼びかけたが、返事はないものと覚悟した。それほど弱っていた。宗庵が枕もとに近づくと、閉じたまぶたがわずかに開いた。

「お帰り」

絞り出すような声で言い、おふじは身を起こそうとした。自力では無理で宗庵が介添した。おふじは寝間着越しにもわかるほど、骨と皮というばかりに痩せていた。

「お腹は空いているかい」

それなのに、おふじはそんなことを言うのである。

「いいや」

「そうかい。でも、柿なら入るだろ」

「………」

「食べておいき。これから寒くなるんだから。今年の柿はことに甘いよ」

かすれ声で言いながら、おふじは柿を手にとった。果たして目が見えているのかどうか。柿を剝く手つきは覚束《おぼつか》なく、危なっかしかった。

「ほら、お食べ」

宗庵が小皿を台所から取ってくると、おふじはぶるぶる震える手で柿を載せた。

「この秋最後の柿だよ。枝に一つ残っていたのを、近所の人に取ってもらった」

胸が詰まり、中々喉を通らなかった。宗庵はやっと飲み込んだ。

「甘いね」

「そうだろう」

「うん」

本当は味などわからなかった。おふじは黙って宗庵を見つめ、濁った目をしばたたいた。そしてゆっくり横になった。

「母さん」

呼びかけたが返事はなかった。まぶたを開けようとしていたが、そのまま動かなくなった。おふじは柿を剝き、力尽きたのだ。

これからは親孝行するよ。そう約束するつもりだった。寂しい思いをさせた分、埋め合わせをするつもりでいたのに、結局、何も言えなかった。おふじは弱った体で柿を剝き、宗庵に食べさせて死んだ。まるで落ち鮎のように。

「子も勝手なら、親も勝手です」

宗庵はぼやいた。

「そりゃそうよ。歳を重ねても、誰しも功徳《くどく》を積めるわけではありませんからね。そういうことができるのはお釈迦《しゃか》様だけ」

おしげは開き直った。

「最後に会えてよかったこと」

「いいものですか。何もしてやれなかったのですから」

「帰ってきたことが親孝行ですよ」

おしげの言葉が型通りの慰めに聞こえ、鼻の奥が熱くなった。

どこが親孝行だ。母を救えず、痛みをやわらげてやることもできなかったのに。これでは医者になった甲斐がない。

おふじが自慢できる男になり、故郷に錦を飾りたかった。

それなのに。帰国した途端、おふじは待ちかねたように死んだ。とても親孝行したとは言えない。

おふじが変わらず暮らしていると文に書いてきたのは嘘だった。おそらく三年くらい前から病に冒されていたはずだ。頼れる人もなく、一人で病に苦しんだおふじの心細さを思うと泣けてくる。

「失礼ですが、女将さんはおいくつですか」

「五十三ですよ」

「母も同い年でした」

「――まあ」

が、とても同い年には見えない。

「女将さんと違って、母はすっかり年老いておりました。若いときの面影は消え、別人のようでしたよ。病になったのもわたしのせいでしょう。自分だけ学問をして、母には贅沢一つさせてやれませんでしたから」

「それなら、お食べなさい」

宗庵がため息をつくと、おしげが叱りつけるような声で言った。

「親はね、子が幸せでいてくれるのが嬉しいの。今のあなたにできる親孝行はそれですよ。おいしいものをお腹一杯食べて、元気な顔におなりなさい」

「………」

「さ、箸を手に取って」

無茶を言うと思ったが、宗庵は従った。のろのろと箸を取り、落ち鮎を口に詰め込んだ。身をくずし、腹子を嚙みしめる。飲み下そうとして宗庵は噎《む》せた。その拍子におふじの最期がまぶたの裏にちらつき、つい嗚咽《おえつ》を漏らした。

「食べた分だけ力が出ますよ。腹子は滋養の固まりだもの」

「知っております、医者ですから」

「泣きべそをかきながら悪態をつくのね」

「すみません」

目が涙でぼやけているせいか、おしげがおふじに見えた。

子どもの頃、こういう生意気な口を利き、よく叱られたものだ。おふじは躾にやかましい母親だった。たま江の陰口を叩くと頬をつねられた。

あの人は、いつも仮病で旦那を困らせている。

お腹が痛いなんて、どうせ嘘だ。師の幻庵に言ったことを、宗庵はおふじにも言っていたのである。そんなとき、おふじは目を吊り上げて宗庵を叱った。

(馬鹿なことを。たま江さんは本当に苦しんでいるのに。お医者でもないのに知ったふうな口を利くものじゃない)

医者になった今、おふじの言葉が正しかったとわかる。宗庵は頭でっかちな子どもだった。幻庵が面白がってくれたから道が拓《ひら》けたが、そうでなければ、ひねた男になっていたに違いない。

母さんは偉かったな――。

あらためて思う。辛抱強くて立派だった。長崎に発ったまま、十年も帰らない息子に恨み事の一つも言わず、一人で生きた。

学問の難しさに音《ね》を上げそうなときは、おふじのことを思った。

蘭方医になれば、きっと自分の家が持てる。朝から晩まで働きづめのおふじを南向きの部屋に住ませてやりたかった。窓から墨堤の桜並木が眺められるような家は無理だが、せめて日の当たる家に連れ出したかった。

それなのに、学問を修めた後に母はいない。こんな悔悟《かいご》を抱くために長崎へ行ったのかと、宗庵は思う。

目をしばたたくと、薄暗い八軒長屋の部屋がよみがえる。

文には強がりを書いても、おふじは息子の帰国を待ちわびていた。宗庵が来たら食べさせようと、おふじは今年最後の秋を枕もとで眺め、今日か明日かと、再会の日を楽しみにしていたに違いない。

たま江の家の庭にも柿の木があった。

毎年たくさんの実をつけ、おふじと宗庵のところにも裾分けが回ってきた。そのままでは食べられない渋柿だから、二人で一緒に軒下に吊るし、甘くなるのを待つのが毎秋の楽しみだった。子どもの頃はおふじが、背丈を追い越してからは宗庵が柿を吊るした。墨堤の桜紅葉より、あの柿のほうが、よほどいい色に見えた。

落ち鮎の塩焼きを平らげ、箸を置いた。

「ご馳走さまでした」

宗庵は手を合わせ、長床几から腰を上げた。店に入ってきたときと比べ、足腰はしっかりしている。半ば意地になって食べた甲斐があった。

「この後、水菓子が出ますけど」

おしげに声をかけられたが断った。

「さすがに満腹で」

帯のところをさすってみせると、おしげは無理強いしなかった。

「お元気でね」

と、店の外まで見送りに出てきた。

「長々と愚痴を聞かせて申し訳ありません」

問われるまま昔の話をしたことが、今となっては照れくさい。

「こちらこそ、さんざん詮索いたしまして」

おしげは頭を下げた。

「いえ。わたしが話したかったんです」

うまく水を向けてくれたから気持ちを吐き出せた。この店に立ち寄らなかったら、宗庵は鬱屈《うっくつ》を腹に溜めたまま長崎へ戻っていたことだろう。

今になり、わかった。おふじに死なれ、宗庵は参っているのだ。親を喪うのは、頭で覚悟していた以上に辛かった。医者だから冷静に受け止められるわけでもなかった。誰の身にも起きることだと、言い聞かせても同じ。自分にはこういう母がいたのだと語れてよかった。さもなければ、一介の女中だったおふじの名はひっそり埋もれてしまう。

長居をしたようで、日はだいぶ高くなっていた。穏やかな秋の日が白木の看板を照らしている。『しん』。屋号を目にしたら、あの船頭の顔を思い出した。

「新市さんか」

独りごちると、おしげが顔を上げた。

「今、何とおっしゃいました」

「え？」

「あの、新吉と聞こえた気がしたものですから」

「新市です」

「──そう。新市さん」

「この渡し場まで乗せてもらった船頭さんが、新市さんという方でした。わたしと同年配の人だったから、少し話に付き合ってもらいまして」

「いい船頭さんね」

ぎこちない笑みを浮かべ、おしげはうなずいた。

「では。女将さんもどうぞお達者で」

別れの挨拶を告げ、菅笠をかぶった。

4

しばらく行くと、小走りに足音が追いかけてきた。

「お待ちください」

振り向くと、おしげの娘のおけいだった。胸に小さな包みを抱えている。

立ち止まり、おけいが追いつくのを待った。本人は急いでいるふうだが、小股でちっとも前に進まない。呑気な人だなと、宗庵は苦笑いで出迎えた。

「よろしければ、道中で召し上がってくださいな」

おけいは包みを差し出してきた。小綺麗な刺子《さしこ》の手拭いである。結び目を解くと、大振りな柿が一つ。

「珍しいものでもありませんが。甘くて、水気もたっぷりですよ」

「それはどうも」

ありがたく頂戴することにした。食後に出すつもりで用意していたものらしい。わざわざ追いかけてきて手渡してくれるとは、親切な飯屋だ。

「長崎へ戻られるんですって？」

「はい」

「長旅になりますね。道中お気をつけくださいまし」

「ゆっくり参ります」

行きはおふじの身を案じて急いできたが、もう弔いも済ませた。向こうには幻庵もいる。船の中で足踏みをするような焦りはもうない。むしろ今は、なるべくゆっくり帰りたい気分だ。おふじと過ごした、この地を目に留めておくために。

「母も柿が好きでした」

宗庵が言うと、おけいの顔が曇った。

「このたびは、ご愁傷《しゅうしょう》様でございます」

会釈をしてそのまま去ろうとしたが、まだおけいが話したそうな顔をしている。

「今日は母がうるさくしてすみません」

「いいお母さんですね。厳しいのに、どこか愉快で」

「……………」

おけいは口の端をわずかに持ち上げ、ふと川へ目を遣った。

「母には息子がおります。わたしの弟ですけれど。七年前に奥州へ行ったきり、会っていないのです」

「そうでしたか」

「寂しいのですよ、母は」

まばたきをしながら、おけいは宗庵を見上げた。

「ですから、お客さんのお母さまのことが羨ましいのでしょう。弟は会いにきてくれませんから」

「おけいさんは会いたくないのですか」

「もちろん会いたいですよ。でも——」

小首を傾げ、自分へ問うようにおけいは先を続けた。

「昔と同じままとは限りませんからね。会いたいけれど、怖いんです。もし別人みたいに変わっていたら、母も悲しむでしょうし」

「とはいえ、息災であってほしいとは願っておられるのでしょう」

「ええ」

おけいはうなずいた。

「それはもちろん。弟ですもの」

「きっと弟さんも同じですよ。奥州で女将さんとおけいさんの息災を願っておられると思います」

宗庵が返すと、おけいは歯をこぼした。

「わたしにも息子がいるんです」

夫はいないのだろう。粒の揃ったおけいの歯は白かった。死別か離別か、いずれにせよ、事情がある。弟が何かしら関わっているのだろうとも思ったが、わけを訊ねるのは止した。

「さようなら」

土手を上っていく宗庵に向かい、おけいが手を振った。

一人になり歩いていると、後ろから肩を叩かれた。

「宗吉さん」

たま江だった。今日帰ると知らせてあったから、もしや出会えないかと、渡し場まで来たのだという。

『母さん
長い間苦労をかけましたが、ようやく蘭方医となりました。

学問を終え、江戸に帰国します。

これからは二人で一緒に暮らしましょう。たま江さんには申し訳ありませんが、もうあの家で働くのは止めて隠居してください。

墨堤の近くに小さなしもた屋を買って、診療所を開くつもりです。蘭方医は江戸でもそう多くおりませんから、患者が殺到することでしょう。やっと親孝行できます。

宗吉』

それが最後に出した文だった。

長崎を発った後も、道中で「カステラを土産に帰る」だの、「今は小倉《こくら》です」だの、文を書いたが出さなかった。少しでもおふじを元気づけたい気持ちはあったもののの、さすがに空々しいと反古《ほご》にした。

出せばよかったのだ。息子が江戸に向かっている。また会える。そのことだけを励みに、おふじは命をつないできたのだろうから。偽薬と同じで、宗庵の嘘は薬になったはずだ。

納棺するとき、着替えさせたらおふじの寝間着の懐から、最後の文が出てきた。何度も繰り返し開いたのか、紙は擦り切れていた。たま江が届けてくれたのだ。別れた旦那の新しい妾のところへ行き、受けとってきたという。

「喜んでたわよ、おふじさん」

その頃は病で目もかすんでいたから、たま江が読んで聞かせたのだとか。

「涙を流してね、『もう一回』、って。申し訳なさそうに頭を下げて、わたしに読んでほしいって言うの」

宗庵は耳を疑った。

病で伏せる前のおふじでは考えられない我儘《わがまま》だ。高慢なたま江が、女中に過ぎない女のために、そんな骨折りをしたことにも驚いた。

明るいところで眺めると、十年の月日が経ったことを感じた。たま江は全体に老けていたが、以前より優しげな雰囲気をまとう女になっている。

たま江は、おふじが死んだ翌日に八軒長屋を訪ねてきた。

がたつく戸が開き、人影が差したときにはぎょっとした。しかも、

(宗吉さん?)

自分の名を呼ぶではないか。

誰かと思いきや、たま江だった。とはいえ一瞬、目を疑った。たま江は昔とは違う地味な着物で、化粧も薄くなっていた。

おふじが亡くなったことを知ると、たま江は袖を目に当てて泣いた。

旦那と別れた後、別の男の妾となったそうだが、今ではその男とも切れたらしい。

おふじとはいったん縁が切れたが、たまたま三年前に墨堤で出くわし、ふたたび交わるようになった。主と女中ではなく、友だちとして。

たま江とは、かつて芸者をしていたころの名。親からもらった名は、およし。おふじが文に書いてきた友だちとは、たま江のことだった。年は一回りほど離れているが、存外に気が合ったという。

たま江は今、通い女中をしているのだそうだ。

「おふじさんには世話になったのよ。お針や炊事のことを教わってね。おかげでわ

たしも今では働く口に困らない」

だから恩返しに看病していたと、たま江は言った。

「といっても、大したことはしてないの。寝間着を洗ったり、お粥を作ったり。せいぜいそのくらい。おふじさん、意地っ張りだから。人の手を借りるのが苦手なのよね。せっかく息子が帰ってきたいと言っているのに、学問の邪魔をしたくないからって、嘘の返事を書いて――。宗吉さんのことだから、すぐ気づいたでしょう？」

「はい」

「やっぱり」

たま江は肩をすくめた。

「字が違うものねえ。わたしも言ったのよ。でも、おふじさん『大丈夫、あの子は忙しくて、ろくに開きもしないだろうから』って。そんなわけないでしょうに」

当時のやり取りを思い出したのか、たま江が下を向いて笑った。目尻が赤い。

文の書き手が代わったのは、すぐにわかった。もとからおふじは仮名を書くのがやっとで誤字も多かったが、たま江に代わってからは、しっかりした文字になった。たま江がそのとき世話になっていた旦那に代筆してもらっていたのだという。

そもそも、死んだはずのコマの散歩でたま江が転び、怪我をしたというのもおかしかった。嘘の文は、そういうところに綻《ほころ》びが出る。

ともかく、たま江が見舞ってくれたのは助かった。

「本当に大人になったわね。見違えちゃって、遠目では一瞬わからなくて、見過ごしそうになったわよ」

「たま江さんは変わらないですね」

「いやあね、こんな大年増を捕まえて。お世辞を言えるくらい、宗吉さんも大人になったのねえ」

頭に白いものはあったが、たま江は相変わらず女らしかった。大きな尻も健在だったが、手は荒れていた。この人も苦労したのだと、宗庵は思った。

「すぐに長崎へ戻るんでしょう」

「そのつもりです」

「患者さんのためにも、そのほうがいいわよね。江戸にはもう、帰ってこないんでしょう？」

「…………」

「そうじゃないかと思ったわ」

たま江には、宗庵が文に書いた嘘がばれていた。

あるとき、たま江から長崎へ文が届いた。

おふじが重い病を患い、文を代筆してきたこと。春の終わりから立てなくなり、もう長くないこと。気丈にしているが、体の痛みが辛そうなこと。うわごとで宗庵の名を呼ぶことがあり、本当は会いたがっているだろうこと。

でも、無理なら自分がきちんと看取《みと》る。おふじを一人で逝かせたりしないから安心してほしい――。

そんなことが書いてあった。

およしの正体がたま江だと、その文で知った。

意外だった。代筆だとは察していたが、たま江だったとは。反面、腑に落ちた。子どもだった宗庵の目にはすぐに詐病で医者を呼び出す面倒な女に見えていたが、情の深い女でもあったようだ。そうでなければ、縁の切れた旦那の新しい妾のところへ、宗庵から届いた手紙を取りにいってくれるわけがない。

口の堅い女でもある。

たま江は、母と子の嘘に付き合ってくれた。

帰国するから一緒に暮らそう、と宗庵が書いたのは嘘だった。江戸へ戻ったのはおふじを看取るため。正直に書けば、おふじは反対するに決まっている。だから、江戸で診療所を開くと書いた。

本当だったら、どんなにいいか――。

長崎へ発ったときには、そのつもりでいた。学問を修めた暁にはおふじのもとへ戻る。それが無理なら長崎へ呼び寄せ、いずれにせよ親孝行するつもりだった。

「おふじさん、いい顔で亡くなったわね」

たま江がぽつりとつぶやいた。

「最後に宗吉さんと会えて、よほど嬉しかったのよ」

「面倒をかけてすみません」

「そんなこと、ちっとも」

かぶりを振り、たま江は宗庵を見た。その目が優しい。たま江とおふじ、二人には宗庵の知らない交わりがあったのだ。

「幻庵先生はお元気？」

「はい。忙しくしていらっしゃいます」

「あの人は変わらなそうね。今も独りだったりして」

「はあ、まあ。残念ながら――」

宗庵が口ごもると、たま江はさもありなんという顔をした。幻庵は腕のいい医者で人柄も申し分ないのだが、なぜか縁遠いのである。

「宗吉さんにはいい人ができたでしょう」

「え？」

「ほら。顔が赤くなった」

宗庵が頭を掻くと、たま江はふたたび宗庵を見た。

「よかったわねえ。おふじさんも、これで一安心だわ。どんな人？」

「向こうで知り合った蘭方医の娘です」

夫婦約束を交わし、先方の両親の了解も得ている。

相手の娘は来春にも祝言を挙げたいと言っていたが、おふじの喪が明けるまで延ばすことになるだろう。とはいえ、既にもう話は決まっている。今回の旅費を工面してくれたのも、先方の親だ。

「いい話じゃない。もう何の心配もないわね」

「おかげさまで。母には寂しい思いをさせましたが――」

「何言ってるの」

たま江は優しい目でこちらを見た。

「親はみんな寂しい思いをするのよ。近くにいようと遠くにいようと、子が独り立ちするときは自分のもとから離れていくんだから。でも、宗吉さんが幸せなら、おふじさんは満足だと思うわ」

さばさばと言い、たま江は足を止めた。

「じゃあ、わたしはこれで」

「お元気で」

「宗吉さんもね」

たま江は去っていった。

もう江戸に用はない。宗吉はこの十日間でおふじの野辺《のべ》送りを済ませ、世話になった米屋の旦那にも挨拶を済ませていた。これから宗庵として長崎で生きていく。

暗い子ども時代を送ったと思っていたが、そうでもなかった。母のおふじはもちろん、たま江に旦那、むろん幻庵もいた。いい人に囲まれて育ち、今の自分がある。

今回の旅でも、思いがけず感じのいい飯屋に出会った。

あとは、あの船頭――。

新市といったか。短いながら、舟で話せたことも心に残っている。二度と会うこともないだろうが、いつか新市が母親と会えることを宗庵は願った。自分はもう親孝行できないが、互いに生きていれば、いつか機会が訪れる日もくる。

飯屋で食べた落ち鮎の味を思い返し、宗庵は墨堤に目を遣った。

空はうららかに晴れ渡り、とてもこれから冬に向かうとは思えないほどの上天気だった。土手の桜が紅葉しているのが不思議なくらいである。子どもの頃は苦手だった景色が今は懐かしい。

喉が渇いたら、おけいにもらった柿を食べよう。あの人もいい母親なのだろうと、宗庵は思った。


宗庵が土手を上っていくのを眺めながら、おけいは新吉のことを思い出していた。二人が同じくらいの年格好で、どこか雰囲気が似通っているせいだと思う。

あの子も親孝行だった。

七年前、無言で去っていった新吉が、頭の中で幼い頃の姿に変わる。

おけいの生家『藤吉屋』は、父の善左衛門が、同じ瀬戸物町で呉服屋をしていた本家から独立して興《おこ》した店である。

長男が本家を継ぎ、次男の善左衛門は数人の使用人とともに独立した。本家の商いの関係で、古くから京や大坂《おおさか》と付き合いがあり、反物を運搬していたことに善左衛門の父——すなわち、おけいにとっての祖父が目をつけ、次男に新しい商いを任せたのだ。

ごつごつした岩に目鼻をつけたような善左衛門は、見た目通りの固さで信頼を得て、金や為替《かわせ》を預かることに長《た》けていた。善左衛門は一代で『藤吉屋』を本家以上の大きな店にした。

おけいは十九のとき、商売仲間の飛脚問屋『信濃屋《しなの》』の長男に嫁いだ。夫の仙太郎《せんたろう》とは歳が十離れていたが、近所のよしみで子どもの頃から見知っており、すんなり縁談がまとまった。夫婦仲もよく、一粒種の佐太郎にも恵まれ、おけいは幸せに暮らしていた。

新吉が刃傷沙汰《にんじょうざた》を起こし、それが壊れた。元となったのは善左衛門の女遊び。新吉には使用人たちの率先垂範《すいはん》たるよう説いておきながら、使用人の若い娘に手を出した。新吉は『藤吉屋』の総領《そうりょう》息子として、善左衛門に代わり片をつけようとしてしくじった。近松門左衛門《ちかまつもんざえもん》の人形浄瑠璃《じょうるり》『冥途《めいど》の飛脚』のように、女に入れ揚げた挙げ句、店の金に手をつけ、世間から追われる羽目になってはいけない。新吉は使用人の若い娘に因果を含めたがうまくいかず、話し合いがもつれて刃傷沙汰に至った。

どういうなりゆきだったのか、新吉は傷を負いつつ、自分に刃を向けた使用人の娘を匿《かくま》った。娘は主と密通した罪で中追放《ちゅうついほう》、その娘をこっそり逃がそうとした新吉は、追放者を匿ったとして江戸払いとなった。

あの頃は悪い夢を見ているようだった。

善左衛門は己を責め、ひっそりと命を絶った。おけいは離縁され、一人息子の佐太郎と引き離された。

当時五つだった佐太郎は、家を出ていくおけいを裸足《はだし》で追いかけてきた。すぐさま手代《てだい》に捕まり、太い腕に抱き留められてもなお、手足を振り回して「おっかさん、おっかさん」と泣き叫んだ。その声がどうしても耳の奥から離れない。あのとき自分の心は死んだのだと、おけいは思っている。

あれから七年。

今のおけいは新吉を捜している。

暇さえあれば川縁に立ち、舟を目で追っている。

まるで恨みがないとは言わない。けれど、心が死んだはずのおけいも、こうして生きている。縁に恵まれ、母と二人で元気にやっている。だから新吉にも達者でいてもらいたい。姿を見せてほしい。立派な姿でなくて構わない。生きて帰ってくれれば、それでいい。

第四話　豆餅

1

風花の舞う日のことである。

吉井吉右衛門《よしいきちえもん》は久々に娘を伴い、散策に出ることにした。朝のうちは冷えたが、昼も近くなると空には薄日が差した。

「冷えませんか」

娘の千佐子《ちさこ》が背後から声をかけてくる。

「風邪を召されぬよう、これをお使いなさいませ」

言いながら、吉右衛門へ藍《あい》地の手拭いを差し出した。

「首に巻くと暖かいですよ」

「お前が使え」

気遣いはありがたいが、吉右衛門としては娘のほうこそ心配だ。千佐子は縁談がまとまり、この春に祝言を挙げることが決まっていた。風邪を引かせるわけにはいかない。せっかくだから浅草寺《せんそうじ》まで足を延ばそうと考えていたが、寒がる様子を見せたら途中で引き返そうと、吉右衛門は思った。

「わたくしのことを案じておいでなのですね」

「お前は子どもの頃から、冷えるとすぐ腹を下す」

「まあ」

からかうと、千佐子が頬に紅葉を散らした。

「嫌な父さま。昔の話でございましょう」

「そうか？」

親からすれば、娘はいつまでも子どもである。

千佐子は二十歳。娘盛りを過ぎかけた年頃だが、吉右衛門に焦りはなかった。良い縁談がなければ、いつまでも家に置いておけばいいと思っていたくらいだ。

十七のときに一度、話がまとまりかけたが、こちらから断った。千佐子が流行《はや》り病《やまい》に罹《かか》り、回復が長引いたのである。

相手の家では待つと言ってくれたが、嫁ぐ前に躓《つまず》いたのが不吉に思えた。良縁ならば何の障りもなく、するするとまとまるもの。縁がなかったのだと思うことにした。

幸い半年ほどで千佐子は快癒《かいゆ》したが、今度は縁談が来なくなった。病がもとで子が産めなくなったと噂が立ったらしい。事実無根だが、こちらから触れ回ることもせず放っておいた。噂のもとは縁談を断った家である。体面を汚されたことに立腹し、意趣《いしゅ》返しを目論《もくろ》んだのだ。縁談を断ったのは正解だったわけである。

噂が消えるまでは、思いのほか年月を要した。次の縁談が来たのは昨春のこと。千佐子は十九になっていた。家中の勘定組で二百五十石《こく》の禄をいただく佐竹《さたけ》家から、長男の太一郎《たいちろう》はどうかと話が来た。

こちらは百五十石の儒者《じゅしゃ》である。

一度縁組にしくじった家にはありがたい話だった。

太一郎は二十九。千佐子より十歳年上なのは少々気になったが、中々の好漢だというから受けることにした。

吉井家には千佐子の弟の和馬《かずま》がおり、跡継ぎの憂いはない。

妻の加代《かよ》も「これで一安心ですね」と胸をなで下ろしていた。先回りをして不安がるのが悪い癖で、佐竹家との話が来るまでずいぶん気を揉んでいたらしい。口にこそしなかったが、吉右衛門が前の縁談を断ったせいで、このままでは千佐子が行かず後家《ごけ》になると案じていたようだ。

女親とは、なぜ己の娘を低く見るのか。吉右衛門には不可解である。千佐子は幼い頃より顔立ちがととのい、器量よしで通っていた。色白で目鼻もきりりと引き締まり、武家娘らしい清潔さを漂わせている。

焦らずとも、いずれ良縁はあらわれる。吉右衛門の信じていた通り、佐竹家との話はまとまった。

手許に置いておけるのもあと僅《わず》か。そう思い、初詣に誘った。

こんなふうに連れて歩けるのも、今日が最後かもしれない。

ちらと横目で盗み見ると、千佐子はもう白い顔に戻っていた。吉右衛門の視線に気づき、袂から手拭いを出す。

「お使いになりますか」

「いや」

「強情な父さま」

「わたしはいいから、お前が使いなさい」

「平気です。もう冷えでお腹を壊すような子どもではありません。それに、父さまのために持参したのですもの」

「強情を張るな」

「父さまのほうこそ、もう若くないのですから油断なさってはいけません」

千佐子が真面目くさった物言いをした。

まったく――。

親を捕まえて、もう若くないとは何事だ。

このところ、千佐子はとみに妻の加代に似てきた。物言いだけでなく、表情まで似通っている気がする。

「向こうの家では口を慎むようにしなさい」

「そうします」

父親らしく苦言を呈すると、千佐子はおとなしく従った。

こういうところは母親より素直である。きっと佐竹家でも気に入られるだろう。つましい儒者の家の娘として、千佐子は炊事も裁縫も加代から仕込まれている。どんな家でもやっていけるはずだ。

浅草寺が見えてくる頃になって、小雪がちらついてきた。

「帰るか」

吉右衛門が言うと、千佐子はゆるりとかぶりを振った。

「ここまで来たのですもの。お参りいたしましょう」

「しかし――」

「大丈夫。こうしますわ」

千佐子はさっき袂にしまった手拭いを出し、頭にかぶった。

「ね、これなら濡れません」

「ふむ」

「二枚持参すればよかったですね。気が利かず、すみません」

「詫びることはない。さっさとお参りをして引き返すぞ」

「そういたしましょう」

浅草寺の門前で話したのだが、いざお参りを済ませたら、そのまま帰るのが惜しくなった。境内には参拝客が大勢いた。年明けらしい華やいだ空気に身を置き、娘とそぞろ歩きをするのは楽しかった。

二人でお参りを済ませ、人混みで賑わう浅草寺を後にしてからも、胸の高揚は続いていた。千佐子と一緒にいると飽きることがない。

道を歩いていると、ときおり振り返っていく者がいる。千佐子は美しい娘だ。自分と妻の間に生まれたにしては上出来である。顔立ちはもちろんのこと、武家娘らしい清潔さも漂っているゆえ、人目を惹く。

だからこそ良縁が巡ってきたわけだが、正直なところ、吉右衛門の胸中はいささか複雑だった。

まだ早い。

いくら良縁だとしても、千佐子が嫁ぐのは寂しい。

何なら佐竹家に頭を下げ、縁談を反古にしてもらいたいくらいだ。

こんな娘に恵まれたのだ、上々ではないか。家までの道々、吉右衛門は己の来し方を振り返った。

常々思うが、月日が経つのは早い。

今年、吉右衛門は五十五になった。もうそんな歳になったかと思う一方、昔の自分を遠く感じる。

子どもの頃は、己の進むべき道もおぼろで茫洋《ぼうよう》としていた。

吉右衛門は貧しい武家の三男として生まれ、幼少のうちは鬱屈を抱えていた。

武家では長男でない者は冷遇される。次男、三男は婿入りする先がなければ、一生部屋住みで終わる。吉右衛門も例に漏れず、先行きをどうにかする必要があったが、競争は激しく、子どもの頃は一生このままと半ば諦めていた。吉右衛門にはこれといった才もなく、目立たない男だった。

そんな吉右衛門が、学者の家に婿入りできたのだから、運がよかったのだろう。とはいえ、人が羨むような縁談かというと疑問だ。

家つき娘の名は加代といった。女にしては鰓《えら》が張り、将棋の駒のような顔をしており、学者の娘らしく書物は好むが、家の中のことは不得手であった。歳も五つ上。吉右衛門が婿入りしたのは二十二のときで、加代は二十七。

吉右衛門が五十五になったということは、加代は還暦を迎えたわけである。

もっとも容姿については、吉右衛門も人のことは言えない。加代が将棋の駒なら、こちらは大福。千佐子の色白は吉右衛門から受け継いだのである。白いだけに目立つ、顔中の黒子《ほくろ》が似なくて何よりだ。

加代の父親は儒者だった。吉右衛門は十代の頃より指南してもらっていた。学問に関心があったわけではない。剣術が不得手だったから、代わりに学問を選んだ。

そういう消極的な姿勢で始めたが、案外性《しよう》に合っており、吉右衛門は師のもとへ通いつづけた。

その一人娘が加代である。

だからといって、狙っていたわけではない。一人娘がいるのは知っていたが、あまり姿を目にしたこともなかった。若い頃の五歳の差は大きい。まして顔も将棋の駒。吉右衛門にとって加代は師の娘でしかなかった。縁談相手と見たこともない。まさか自分が二十二で吉井家に婿入りするとはつゆとも思わず、降って湧いたような縁談であった。

そのせいか、婿入りしてしばらくはどうにも尻が据わらなかった。

師と弟子だったときは温和な印象だった舅《しゆうと》も、婿となった吉右衛門を明らかに疎《うと》んじていた。やむなく家に迎えたものの、父親としては不本意な縁談だったのだ。吉右衛門のことを、学問ではなく娘目当てで弟子入りしたのだと疑っていた節《ふし》もあった。誤解だと釈明したかったが、舅は吉右衛門にその隙を与えなかった。

そういう事情もあり、夫婦仲は今ひとつだった。

加代は口やかましい女である。

もとから家つき娘という自負があり、しかも吉右衛門が年下なものだから、ときおり尊大な口を利いた。所帯を持って何年かの間は子ができず、周りに遅れを取っている引け目のせいか、加代はよく荒れた。

夫婦喧嘩になるたび、嫌なら出ていってくださっても結構、と何度放言されたことか。こちらが言い返せないとわかって、そういう物言いをするのが憎らしい。

本当にそうしてやろうか――。

実際、家を去りかけたこともある。

婿入りして、子ができないとなれば吉井家にも居場所がない。追い出される前に、こちらから別れたほうがよかろう。造作もないことだ。次の夫婦喧嘩で、加代がいつもの台詞《せりふ》を吐いたときに了承すればいい。

が、そう決めると、不思議としばらく加代はおとなしくなる。挑発しても乗ってこず、暖簾に腕押し。吉右衛門にはそれもまた腹立たしいことだったが、一人では夫婦喧嘩もできず、吉右衛門は吉井家に居続けた。

そんなふうに意地になっていた期間が過ぎ、ようやく子に恵まれた。それが千佐子である。

「これは、これは。美人だねえ」

取り上げた子を見て、産婆は目を丸くしたという。将棋の駒と大福の夫婦から玉のような赤ん坊が生まれたからである。

失敬な、と加代は後々まで恨んでいたが、その通りなのだからしょうがない。吉右衛門が産婆でも、おそらく同じ台詞を吐いた。

まだ首が据わらないうちから、千佐子は美しかった。

肌が薄く透きとおり、造作《ぞうさく》もいい千佐子は、何を着せてもよく似合った。産婆の悪口を叩きながらも、加代は娘が美しく生まれたことに安堵《あんど》した。すぐ子育てに夢中になり、以降は尊大な振る舞いも影を潜めるようになった。

妻が柔和《にゅうわ》になれば、吉右衛門にも己を顧みる余裕が出てくる。このまま吉井家に骨を埋めるのだからと、吉右衛門は舅に倣《なら》い、儒者の道に邁進《まいしん》した。おかげで大過なくつとめを終え、隠居暮らしに入った。

悪くない。

己の来し方をあらわすなら、その一言に尽きる。出世は果たせなかったが、どうにか無事に勤め上げた。鬱屈した幼少期を思うと、老境に至ってこうした感慨が抱けることが、つくづくありがたい。

あとは余生。好きな書物でも読んで、のんびり過ごせばいい。千佐子もいずれ子を産むだろう。そうすれば、いよいよ祖父だ。男児なら学問をつけてやりたいが、あまり出しゃばっては佐竹の家が渋い顔をする。

それでなくとも、あちらは吉井家より高禄。跡継ぎができれば、吉右衛門などより格上の、立派な師をつけるはずだ。

自分の出る幕はない。そう吉右衛門は思っている。少々寂しい気もするが、逆に言えば、憂いがないということでもある。千佐子のことは、夫となる太一郎に任せておけばいい。

結納で顔を合わせた印象では、寡黙な男に見えた。この正月で三十になったにしては線が細く、地味な風貌だが、千佐子と並んだときの釣り合いを考えると、歳より若く見えるのはいい。

ああした男なら、千佐子もやりやすかろう。

なに、加代に似て芯の強い娘だ。初めこそしおらしい嫁を演じていても、馴染んでくれば、そのうち太一郎を御するようになる。

ひょっとして、孫が将棋の駒ということもあるか――。

男ならともかく、女だと気の毒かもしれん。

などと考えているうちに、ふと吉右衛門は我に返った。

ここはどこだ。

家に向かっていたつもりが、気づけば知らない場所に出ていた。

考え事をしていたせいか。慣れた道だからと油断して、うっかり違う小道に入り込んだか。吉右衛門は額に手を当てた。

目の前に白っぽい霞《かすみ》がかかっていた。その後ろに鈍色《にびいろ》の川が控え、岸辺では枯れ草が風になびいている。

「おい」

狼狽してつぶやくと、背に手が触れた。

「さあ、渡し場に着きましたよ」

口の中でつぶやき、辺りを見渡す。

「渡し場――」

「そうですよ。舟に乗りましょう」

穏やかな口振りで言われ、徐々に思い出した。

そうだ。

舟に乗るつもりで出かけてきたのだった。ここは山之宿《やまのしゅく》の渡し場。どうもひんやりすると思ったら、川霧が立ち込めている。

花見の季節にはこの辺りも屋形船で賑わうのだが、冬場の今日はひっそりしている。渡し場には小さな舟が一艘、舫《もや》われているきり。

吉右衛門は船頭に手を挙げた。

「乗せてくれ」

舟に座っていた船頭がおもむろに立ち上がった。

「どうぞ」

まだ若い男である。といっても三十は過ぎているだろう。背が高く、肩幅が広い。船頭はこちらへ手を差し伸べた。

「平気だ」

客待ちをしていたと見え、船頭は親切だったが、吉右衛門は断った。隠居はしたが、まだ手を貸してもらう歳ではない。渡し舟にはこれまで何度も乗りつけている。そう思ったが、一瞬足がぐらついた。霧で舟底が濡れていたのである。

ひやりとしたが、咄嗟に船頭が支えてくれた。

「かたじけない」

「いえ」

無愛想な男である。

客商売がそれでいいのか――。

助けておいてもらいつつ、吉右衛門はちらと思った。しかし、恩に着せられたらよけいに腹を立てていたことだろう。

「どちらへ着けますか」

船頭が吉右衛門を見て問うた。

はて。

果たして自分はどこへ行くつもりだったのか。足を滑らせ、ぎょっとしたせいか、すぐに思い出せなかった。

行きたいところか――。

吉右衛門が腕組みをして思案を巡らせた。

2

やがて舟が渡し場に着いた。

今度は意地を張らず、船頭の手を借りて舟を降りた。吉右衛門の後に千佐子が続く。

「参りましょう」

促され、吉右衛門は川のほとりを歩いた。

幾多の旅人によって踏み固められた道には霜が降りている。下を向き、慎重に歩《ほ》を進めた。土手を上るときは千佐子が手を引いてくれた。広い道に出てしばらく行くと、小体な飯屋があった。

吉右衛門は足を止めた。

白木の看板には『しん』と書かれている。素っ気ない造りで、これといって目立つところはないが、なぜか気になった。

「入るか」

川風に吹かれ、体が冷えている。ちょうど小腹も空いてきた。急ぐ用事があるわけでなし、ゆっくり食事でもしようと思った。

戸を開けると、炭の匂いがした。店の中には大きな火鉢が置いてあり、いい具合に暖まっている。

「いらっしゃいませ」

明るい声がして、厨から女が出てきた。歳は三十半ば過ぎ。冬らしい色合いの木綿の着物に、刺子の刺繍の入った前垂れを締めている。

「火鉢の傍が暖かいですよ」

勧められるまま、吉右衛門は正面の長床几に腰を下ろした。綿入りの座布団にも、刺子の刺繍がしてある。

「どうぞ」

女は湯気の立つ茶を運んできた。

「お寒かったでしょう。外は雪が降っていましたか」

「いや」

かぶりを振った後、吉右衛門は続けた。

「川には霧が立っておった。いつ雪になってもおかしくありませんな」

「うちでも今日は降りそうだと話していたんですよ。――お茶、熱いうちに召し上がってくださいな」

感じのいい女だ。ふっくらとして、頬に笑窪がある。口がやや大きいが、それもまた愛嬌だ。

吉右衛門は茶に口をつけた。ほうじ茶だ。茶葉がいいのか、淹れ方がうまいのか、場末の飯屋で出す茶にしては実にうまい。

火鉢と茶で体の外と内から温められ、こわばっていた体がほぐれてきた。やはり冷えていたのだ。さっきの舟で足を滑らせそうになったのもそのせいだ。

船頭の親切を受け流したことが、今となっては気恥ずかしい。年寄り扱いされたのが面白くなかったが、あんな意固地な振る舞いをしたことこそ歳を取った証。五十五ともなれば、体も古くなる。

今後は自重《じちょう》するか――。

茶を飲みながら、吉右衛門は自嘲気味に思った。

古いといえばこの店も同じだが、こちらは感じがよかった。建物は古びているが、掃除が行き届いている。人も店もこうあるべきだ。

吉右衛門は店を見回し、壁の献立を眺めた。

どじょうに山女魚《やまめ》。岩魚《いわな》。渡し場にある飯屋だけに、この店の売りは川魚らしい。それにしても。

「達筆ですな」

献立の内容より、その点が目を惹いた。止め撥ねがきっちりとして、まるで手習いの手本のようだ。

「母が書いたんです」

「ほう」

驚いた。

「それはすごい。どなたか師についておられるのですかな」

「どうかしら。――お待ちくださいませ」

女は厨へ行くと、母親を連れてきた。吉右衛門と同年配とおぼしき五十代半ばの女で、髪には白いものも混じっている。

「いらっしゃいませ。この店の女将のしげでございます」

落ち着いた声で言い、丁寧に辞儀をする。

小柄だが姿勢がよく、それを感じさせなかった。おまけに美しい。黒っぽい地味な木綿を着ているのだが、白い肌によく映え、まるで上等なものをまとっているように見える。字と同じく、矍鑠《かくしゃく》とした人なのだろう。

「娘に聞いたのですけれど、献立の字にお目を留めてくださったとか」

「さよう。もしや表の看板の字も女将さんが書かれたのですか」

「はい」

「女将さんなら人に教えられますよ」

吉右衛門が言うと、おしげは照れた。

「とても、とても。献立を書くのが精一杯でございますよ」

「世辞を申しておるのではありませんぞ」

「光栄でございます」

おしげは微笑した。

「娘さんもお上手なのでしょうか」

「いえいえ。わたしは下手なんです」

娘はけいと名乗り、隣に立っているおしげを見た。

「今から母に習おうかしら」

「おや、珍しく殊勝《しゅしょう》なことを言うわね」

きれいな顔をして、おしげが辛い口を利いた。

ふむ。

これは加代といい勝負かもしれん、と吉右衛門は思った。今はだいぶ柔らかくなったが、もとはあれも手厳しい物言いをする女である。おけいはおしげと比べ、おっとりした雰囲気だった。親子喧嘩になったら、まるで勝ち目がなさそうだ。

とはいえ、こうして店を一緒にやっているわけだ。

きつい物言いをされても、おけいはけろりとしている。無理に堪えている様子もないから、母親の放言にも慣れているのだろう。

「仲がよろしくて結構ですな」

吉右衛門が言うと、おしげとおけいは互いに顔を見合わせた。

「ご覧の通りの母ですから、しょっちゅう口喧嘩しております」

「まあ、人のせいにして。大体、わたしは喧嘩をするつもりなどありませんよ。小言を申しているだけで」

「そこから口喧嘩になるのよ」

「あなたが親に口答えをするからでしょう」

二人は小競《こぜ》り合《あ》いをしたが、これは猫のじゃれ合いみたいなもの。本気で爪を出しているのとは違う。

可笑しくて眺めていると、おけいは顔を赤らめた。

「すみません、お恥ずかしいところをお見せして。でも、お客さんのほうこそ仲がよろしいですね。ご夫婦で旅ですか？」

何の話だと思った。

「夫婦？」

「はい。お似合いでいらっしゃるから、ご夫婦かと――。思い違いでしたら、すみません」

おけいは慌てて頭を下げた。

吉右衛門が連れているのは娘である。千佐子だ。どう見たら夫婦に見えるのか。娘を妻と思い込むとはどうかしている。これでは母親が小言を言いたくなるのもやむを得まいと、傍らを見たら、加代がいた。

「思い違いではございませんよ」

と、優しい口振りで言う。

「やはりご夫婦でいらっしゃいますか」

おけいが安心した顔になった。

「ええ。連れ添って今年で三十三年になります」

「お幸せでいらっしゃいますね。長く添われたご夫婦は顔が似てこられるから、一目でわかります」

おしげも加代に話を合わせている。

「でも、わたくしたちも昔は喧嘩ばかりで」

「それはどの家でも同じでございましょう」

「ほほ。そうかもしれませんね」

加代は如才なく笑顔を見せ、二人の相手をしている。なごやかな話が交わされるのを聞きつつ、吉右衛門は一人混乱していた。

なぜ、お前がここに居る――。

渡し場に着いたときは千佐子と一緒だったはずだ。いつの間にあらわれた。舟に乗る前は、加代はいなかった。そもそも今日は千佐子を供に散策に出たのだ。祝言を間近に控え、手許に置いておけるのもあと僅かだからと、吉右衛門から声をかけた。浅草寺へ向かう道すがら、手拭いを巻く、巻かないという話をしたことも覚えている。

千佐子はどこへ行った。嫁入り前の娘が一人で出歩くなど軽はずみな。しかも、かように寒い日に。うろうろして川に落ちたらどうする。

「お前さま」

吉右衛門が腰を浮かすと、加代に袖を引かれた。

「どうなさいました」

小声で問う。

「いや、千佐子が――」

「あの子なら、ここには居りませんよ」

加代は落ち着き払って答えた。

「そんなはずはない」

苛立った声で応じながらも、吉右衛門は己の声が萎《しぼ》むのを感じた。

思い返そうとすると、千佐子の笑顔は遠くなった。確かに交わしたと信じていた話が急に、どこかへ雲散する。

それも道理。

千佐子がここにいるわけがなかった。加代が正しい。千佐子は死んだ。吉右衛門の大事な娘は婚家で鬼に食われたのだ。

「何でもない」

吉右衛門は首を横に振り、浮かした腰を戻した。


この飯屋では、客の好みに合わせて米を炊いてくれるという。

「硬めと柔らかめ、どちらがお好きですか」

おけいが小さな声で訊いた。

吉右衛門が顔を上げると、ふんわりと目を細める。先程の醜態《しゅうたい》を見ても動じた色を見せない。しっかりしているのだと、吉右衛門は感心した。おっとりした面立ちのようで、中身は母親と同じく強いのかもしれない。

「お米の炊き方を選べるのね」

加代が問いを繰り返した。

「はい」

「お前さま、どうなさいます」

「うむ」

「硬めと柔らかめ、どちらでもよろしいんですよ」

「わかっておる」

「では、どうなさいます。わたくしはお前さまに合わせますから」

「どちらでも構わん」

「それでは失礼でございましょう。せっかく好みを訊いてくださってますのに」

吉右衛門の生返事が気に入らないのか、加代が声をひそめた。

まあ、な——。

その通りだが、今はそれどころではない。千佐子のことで頭が一杯で、食事を出されても腹に入るかどうか。

家で雇っている女中は、掃除はまめにやるのだが、煮炊きが不得手だった。米もその日によって硬いこともあれば、妙に柔らかいこともある。そうした料理に舌が慣れているせいか、吉右衛門は困った。

さて、如何《いかが》したものか。いつまでも黙っていては、おけいを困らせる。その前に加代が怒り出しそうだ。飯屋に入っておきながら、注文をしないおつもりですかと、将棋の駒じみた顔に書いてある。

若い頃なら、そろそろ眉を吊り上げる頃だ。そう思って加代の顔を見ると、昔と比べずいぶん膨らんでいた。顎も二重にくびれている。

「餅だな」

「え？」

「だから、餅だ」

半ば独り言のようにつぶやき、吉右衛門はおけいに顔を向けた。

「餅はありますか」

「ございますよ」

おけいは頬に笑窪を浮かべた。

「たまに、そうおっしゃるお客さまがいるものですから。用意してございます」

「できれば豆餅がいいのだが」

「ええ、ございます」

あるのか。

吉右衛門は自分で言っておいて驚いた。小さな店だが中々に気が利く。川魚と米がここの売りということだろう。

「お汁粉もできますかしら」

加代が遠慮がちに申し出た。さっきは吉右衛門に合わせると言っていたが、餅があるなら、と己の好みを伝えることにしたらしい。

「はい」

「嬉しいこと。今年はお餅をつかなかったものですから」

前は吉右衛門がついていたのだが、今年は止めた。

米屋から買うことにしたら高くつき、鏡餅と雑煮に使ったら、すぐになくなった。

加代は物足りないと思っていたのだろう。

「お魚もいただきたいのですけれど、わたくしたちもこの歳で、食が細くなっておりまして。申し訳ありませんが、お餅だけでもよろしゅうございますか」

「もちろんですよ」

おけいが答えると、傍らでおしげもうなずいた。

「では、用意してまいります」

二人は厨に下がった。

しばし、店には吉右衛門と加代だけになった。黙って茶を啜る。先程までの如才ない表情を消し、加代はうつむいていた。目の下に隈《くま》がある。若い時分と比べて肥ったのは確かだが、顔が膨らんで見えたのはむくんでいるせいかもしれない。

千佐子は餅が好きだった。ことに豆餅を気に入っていた。普段はご飯一膳で箸を置く娘だったが、餅だと喜んでたくさん食べる。ゆえに吉井家では正月に限らず、しょっちゅう餅が膳にのる。

厨から、色の黒い老人が出てきた。手に焼き網を持っている。続いて、おしげが豆餅を載せた皿を運んできた。

「勝手場を任せている平助でございます」

おしげが言う。

「豆餅を注文なさったと聞いて、出てまいりやした」

平助は豆絞りを巻いた頭をひょいと下げ、焼き網を火鉢に置いた。

「どうせなら、こちらで焼こうと思いましてね。目の前で、ぷうと膨らむのを眺めるのが、餅の醍醐味《だいごみ》ですから」

おしげが差し出した皿を受けとり、平助は焼き網にきれいな箸使いで豆餅を並べた。節くれ立った指は、冬だというのに真っ黒である。

焼き網に三日月形の豆餅が五つ。吉右衛門は身を乗り出し、火鉢を見つめた。傍らで加代も同じことをしている。

「睨んでも、餅はすぐに膨らみませんぜ」

夫婦揃って焼き網を凝視しているのがおかしいのか、平助がにっと笑った。

「直火ならともかく火鉢ですから」

「いかにも」

吉右衛門は唸り、ばつの悪い思いで傍らを見た。

「わかったか」

てっきり自分と同じく焼き網を覗き込んでいると思った加代は、澄まし顔で茶を飲んでいる。咳払いをして、吉右衛門はふたたび焼き網を見た。

どうせ膨らむまですることもない。今さら加代を相手にしたい話もなし。豆餅と睨めっこでもしていたほうがましだ。

「懲りない御方だ」

平助は目を丸くしたが、構わなかった。

「いいだろう。こうして待つ間に、餅はよけいにうまくなる」

「まいったね、こりゃ」

吉右衛門は平助に向かって手を伸ばした。

「何です？」

「そなたには汁粉の用意があるだろう。わたしが餅の番をしよう」

「よろしいんですかい」

「なに、家でも餅を焼くのはわたしの役目だ」

「そいつは頼もしい」

平助から箸を受けとると、吉右衛門は長床几の端に移った。

餅の番に慣れているのは本当だ。昔から、これだけは女中に任せず吉右衛門がやっていた。千佐子が喜ぶからである。いつも書物を離さない父親が、このときばかりは餅の傍を離れず、相手をしてくれると思っていたのか。

待つ間においしくなる、と言ったのは千佐子だ。物事のいいところを見る娘だった。それまで吉右衛門は餅が膨らむまで焦れったい気持ちでいたが、娘に言われ反省した。なるほど、そう考えれば待つのも楽しい。

店の戸が開き、新たな客が入ってきた。手甲、脚絆をつけた旅人が二組に、その後から若い娘も入ってきた。

「こんにちは」

と、おけいとおしげに挨拶している。常連なのか、親しげに天候の話を交わし、吉右衛門の右手にある長床几の隅に腰を下ろす。

芸者か。娘は葡萄《ぶどう》色の小紋に、地模様が入った白い帯を締めていた。千佐子より四つ、五つ下くらいか。年頃の娘が着るにしては地味だが、ものは良さそうだ。一人で飯屋に入ってくるさまも堂々としている。

「いらっしゃい、おちかちゃん」

おけいが娘に声をかけた。

「今日も素敵ね。帯の地模様は梅かしら」

「そうです。本物の花が咲くまでのお楽しみでしょう。だから締めてきたの」

どういうことだ。

梅は今、蕾《つぼみ》の時期である。梅の季節はこれからが本番。咲くまでと言わず、咲いた後にもどんどん使えばよかろう。

聞き耳を立ててると、つまりこういうことだった。帯や着物は季節を先取りして身につけるもの。ゆえに、おちかは梅の帯を花が咲くまでしか締められない、と言っているわけだ。

贅沢な。つましく育てた千佐子にはとても聞かせられない。まあ、あの子は質素だから、別に羨むこともなかろうが。

ふと餅を見ると、そのうちの一つが膨れた。

おっと――。

続けてもう一つ。吉右衛門は箸でつまみ、ひっくり返した。

待つ間は長いが、膨らみ出すと、餅の世話は忙しくなる。焦げがうまいが、放置して炭にしては興醒めだ。吉右衛門はせっせと餅をひっくり返した。

「うむ」

いい感じだ。しっかり焦げ目がつき、よく膨らんでいる。

「おいしそう」

可愛い声がしたと思いきや、おちかという娘が焼き網を覗いていた。

「ごめんなさい、つい」

吉右衛門と目が合うと、おちかは頬を赤らめた。

「よければ、一つ取りなさい」

「そんな。申し訳ないです」

「構わん」

おちかはそれでも迷った顔をしている。そうしている間に餅は焼きあがった。吉右衛門は空いた皿に餅を一つ載せ、差し出した。

「ありがとうございます」

恭《うやうや》しい手つきで受けとり、娘は礼を言った。

「すぐに食べるといい。餅は熱いうちがうまいぞ」

「はい」

「足りなければ、また焼くから言いなさい」

おちかはうなずくと、箸を手に取った。小さな口で齧《かじ》り、熱かったのか、目をぱちぱちさせている。

「醬油はつけんのか」

「このままがいいんです。お餅の味そのものがします」

「さようか」

千佐子と同じことを言うのだな、と吉右衛門は思った。あの子も最初の一口は何もつけず、餅の味を楽しむのを好んだ。

そこへおしげが汁粉を運んできた。

「お待たせいたしました。——あら」

加代に汁粉を供すると、おしげは口許を緩めた。

「ま、おちかちゃん、お餅をいただいたの」

「そうなんです」

「すみません、お気遣いいただきまして」

おしげが礼を述べると、おけいも一緒になって頭を下げた。

餅を食べるおちかは楚々として行儀がよかった。

「ああ、おいしい。このお店はお米がいいから、お餅もひと味違いますね。わたしにもお汁粉をください」

可愛い娘だと、吉右衛門は思った。千佐子と少し似ている。色白で透きとおるような肌をしているところが特に。

吉右衛門は自分も豆餅に箸をつけた。

熱くて、うっかり舌を火傷しそうになった。慌てて茶へ手を伸ばし、ついでに加代を見た。汁粉の椀を手にうつむいている。

「どうした」

声をかけると、加代はおもむろに顔を向けた。

「何です？」

加代の目は赤かった。

「うまいか」

「ええ、とっても」

まばたきをして答える。

「お餅がふっくらして、甘みの中に塩気が効いております」

「うちの汁粉とは違うか」

「それはもう」

「なら、うまいだろうな」

「当然でございますよ。お店で出していただくものですもの。それにうちの女中の腕前は、お前さまもよくご存じでしょうに」

「まあな」

煮炊きの苦手な女中は、汁粉を作らせても今ひとつなのである。ときには甘過ぎ、ときには塩が効きすぎて塩辛い。今日はどちらに転ぶか、千佐子とこっそり賭けたこともあった。

(うちのお汁粉は玉手箱ですね)

結局のところ、どちらでもいいのだ。甘過ぎであろうと、塩辛かろうと。家で親とたわいない話をして、笑い合えれば満足。そういう娘だった。

豆餅は香ばしく、焦げ具合も申し分ない。嚙みしめると餅本来の甘みがした。吉右衛門はゆっくり咀嚼《そしゃく》した。おちかに一つやり、残りは四つ。昔はぺろりと平らげたものだったが、途中で苦しくなり、茶を飲んで一休みする。

帯のところをさすっていると、耳に千佐子の声が聞こえた。

「父さまのお腹もお餅みたいですよ」

膨らんでいると言いたいのだ。

「親をからかうものじゃない」

「ごめんなさい」

謝りつつ、千佐子は笑いを嚙み殺している。吉右衛門は肥りやすい質で、すぐ腹が出る。二人で競争して餅を食べた後など、帯がきつくて大変だった。

しかし、餅か。

「餅は餅でも、大福餅だ」

「何です？」

「父さんの綽名《あだな》だよ。子どもの頃から、ずっとそう呼ばれてきた」

千佐子が首を傾げるのを見て、吉右衛門は己の顔を指差す。

「黒子がたくさんあるだろう」

「つまり豆大福ということかしら」

「さよう」

「おいしそうな綽名ですわね。何だか食べたくなりました。そうだ、お八《や》つに買ってまいりましょうか」

「食い意地の張った奴め」

「豆大福の娘ですもの」

ああ言えば、こう言う。

餅の後に大福——。

これだけ満腹で入るはずがない。が、千佐子が食べるなら、買ってきてもよかろう。

その前に昼寝だ。まぶたが重くなってきた。

腹がくちくなると、どうも駄目だな。おや、ちょうどいいところに座布団がある。

行儀が悪いが、少し横になるとするか。

吉右衛門は箸を持ったまま眠りに落ちた。

3

「申し訳ありません」

加代は小上がりから出てくると、こちらへ向かって深く腰を折った。

「どうぞ、お気になさらず」

おしげが言っても、加代は恐縮している。

吉右衛門は豆餅を食べながら寝てしまったのだ。

しばらく休んでもらおうと、小上がりに床を敷き、平助に背負わせて連れていった。居合わせたお客は何事かと眺めていたが、それだけのこと。

「よろしければ、どうぞ」

新しい茶を淹れ、加代に出した。

「ありがとう存じます」

すっきりするよう煎茶にした。

「――おいしい」

目を伏せてつぶやく。

「うちはご覧の通り小さい店で、しかも、渡し場の端にありますでしょう。それほど大勢のお客さんも来ませんから。気兼ねなさらないでくださいまし。ねえ、おちかちゃん。あなたもよく知っているわよね」

「ええ、本当です」

おしげに話を振られ、おちかがうなずいた。

「といっても、大勢お客さんは来られますけどね。このお店なら安心です。お客さんはほとんどが旅の方で、長居する人が少ないんです。小上がりを使うまでもなく、さっとご飯を食べて出ていく方ばかりですから、ご心配はいりませんよ」

「それならお言葉に甘えて、少しだけ――」

加代は顔に安堵の色を浮かべつつ、おちかを見た。

「あなたも旅の方?」

不思議そうに問う。

「いいえ。わたしは違います」

おちかは愛らしく首をすくめた。

「わたしはこちらのお二人に会いにきているんです。ご飯もおいしいし、おしげさんとおけいさんに話を聞いていただくと元気になるから」

「まあ、そうなの」

「竹町の渡し場の茶屋で芸者をしております」

「おちかちゃんは、うちの店では珍しい常連さんなんですよ。可愛いでしょう。まだ十五なんですよ」

「年が明けて十六になりました」

「あら、そうだったわね」

おしげが眉を寄せてみせた。

「嫌だわ、わたしも一つ歳を取ったということじゃない」

「まだお若いでしょうに」

加代が微笑みながら口を挟む。

「世辞ではございませんよ。わたくしなど、今年で還暦です」

「とても見えませんわね」

「いえいえ」

苦笑いを返し、加代は続けた。

「わたくしは昔から老け顔ですから——。ですが、近頃はこうして無事に還暦を迎えられたことに感謝するようになりました」

「わかります。わたしも五十三ですから」

おしげがすらりと言ってのける。

母さんは五十四でしょう――。

たった今、おちかと年が明けたと話したばかりだろうに。

どこまで本気なのか、おしげは自分の歳をすぐに忘れる。それでいて、娘の歳はしっかり覚えているのだ。

それはともかく加代が還暦と聞いて、おけいも驚いた。本人は老け顔と謙遜するが、皺も少なく、とてもそうは見えない。

「確か、ご夫婦になられて三十三年とおっしゃいましたね」

「ええ。主人も五十五になりました」

「ご主人は年下なんですね」

「五つ離れております。夫婦になったときは、わたしのほうが先に逝くと思っていたのですけれど。怪しくなってまいりました」

「ご病気ですか？」

「妙だとお思いでしょう。ときおり、今のようなことになります。本人は、頭に霞がかかったようになると申しておりますが」

昔と今のことが入り混ざり、自分がどこにいるのかわからなくなるという。始まったのは、ここ一年ほどのこと。

加代に言われ腑に落ちた。たぶん店に入ってきたときも、そうだったのだろう。おけいが仲のいいご夫婦ですねと言ったら、不可解そうな顔をしていた。あのとき吉右衛門は娘を連れている気でいたのだ。

「主人は娘の死を受け入れがたいのですよ」

「おいくつでしたの？」

「二十歳でした」

「まあ、それは――」

おしげが絶句した。

「嫁にいったその年に亡くなったのです。と申しましても、もう十年前のことですけれど」

病死だったと加代は話した。とはいえ、ただの病でもない。舅姑《しゅうとめ》にいびられ、娘の千佐子は気を病んだ。

夫の太一郎は庇うどころか、外に女を作っていた。もとより千佐子と縁組みしたのも、外聞を取りつくろうため。相手の家では、息子に女がいることを承知で千佐子を迎え入れたのだというから、たちが悪い。

もし知っていれば、むろん嫁になどいかせなかった。

太一郎は有能で、世間での評判はよかった。むろん裏の顔を知っている者もいたには違いないが、吉右衛門は儒者で付き合いも狭く、太一郎の本性を耳打ちしてくれる者はなかった。気づいたのは、吉井家の女中である。千佐子が嫁いで半年ほど経った頃、使いへ出たときに町で千佐子を見かけ、あまりの窶《やつ》れように仰天し、加代に進言してきた。

「すぐに夫は婚家に乗り込み、娘を引き取ってまいりました」

相手は自分の家より高禄で名もあったが、吉右衛門は意に介さなかった。うちの娘に何をするのかと、抜いたこともない刀を振り回す勢いで、太一郎に迫った。

女中に聞いた話以上に千佐子は窶れていた。

祝言を挙げたときからどれだけ目方が減ったのか、まだ二十歳なのに目が落ちくぼんで瞼に皺が寄り、頬がげっそりこけていた。医者に診せたところ、着物の内側には痣《あざ》がいくつも見つかった。こともあろうに、太一郎は浮気するだけでなく、千佐子に手を上げていたのだ。

「主人はこめかみに青筋を立て、怒りました。そんな家ならやらなかったと、同じことを繰り返し申しまして」

おしげが厳しい面持ちで話を聞いている。

もし、おけいがそんな目に遭ったら、吉右衛門と同じことをするだろう。大年増になった娘の歳をからかうことはあるが、子への情は深い。おけいが婚家を追い出された原因を作ったのは弟の新吉——いや、元を正せば父親の善左衛門である。

おしげは婚家に迷惑をかけたことを詫び、出戻りとなった娘を引き受けた。そして、今もこの店をしながら新吉の行方を捜している。『しん』は新吉の名からとった屋号。遠目からも見えるよう白木の看板を掲げ、帰りを待っている。

吉右衛門も、娘のために胸を痛めたのだ。

千佐子は半月ほど寝付いたが、懇《ねんご》ろな手当で徐々に回復した。

そこへ婚家が迎えを寄こした。吉右衛門が追い返すと、次は舅姑が来た。

「申し訳ないと、形だけ詫びを口にしたのですけれど。主人は信じませんでした。家の中で行われていたことに気づかないわけがありませんから」

「同じ家に暮らしていれば、当然ですわね」

「娘も怯えておりましたし——」

その日は舅姑を引き取らせた。が、相手はしつこかった。何度も家にまで足を運んできては、嫁を返すよう迫った。

「誤解だと申すのです」

「どういう意味でしょう」

「痣をつけたのは息子ではなく、下男だと」

「よくわからないですわね」

「つまり、娘は下男とそういう関係にあったと——。夫が浮気している腹いせに、家の中で不埒《ふらち》な真似をしたと」

「自分の子の不貞《ふてい》を棚に上げ、よくもそんなことを」

いよいよ、おしげは怒り出した。眉間に皺を刻んでいる。

「ですが、世間では信じたようです」

加代は当時のことを思い出したのか、暗い顔になった。

「あちらの家はそれなりに名も通っておりますから。夫が怒鳴り込んだのも、実は己の娘の恥を隠すためと触れ回ったようです」

火のないところに煙を立たせるため、相手の家は卑怯《ひきょう》な噂を流したのだ。かの下男にも暇を出し、太一郎にも女と別れさせた、もう何の心配もないから戻ってくるようにと、舅姑は懇願してみせたという。

それでも吉右衛門が了承せずにいると、太一郎本人があらわれた。

「玄関口で娘の名を呼び、哀れな声を出すのです。何度も」

外に女がいる身で嫁を取るくらいだ、もとから面の皮が厚いのだろう。太一郎は追い返されても懲りなかった。参ったのは千佐子のほうだった。このままでは両親が悪者になると、覚悟を決めたらしい。

吉右衛門が止めても無駄だった。

（大丈夫でございます）

千佐子は心配する両親に笑顔を見せたという。

（嫁入りした身で、ご迷惑をおかけして申し訳ありません）

自分はもう吉井家を出た者。実家へ帰ってきたことが誤りだったと、千佐子は自分のせいで両親に迷惑をかけたことをひどく気にしていた。

（止せ。戻るな）

（ご心配なく。夫も根は悪い男ではありません）

（妻に手を上げる男は駄目だ）

（それは誤解でございます。わたくしは自分の不注意で、転んで痣をこしらえたのですよ。誰のせいでもありません）

（馬鹿言え）

（父さまも母さまもお元気で）

千佐子は笑みすら浮かべ、別れの挨拶を口にした。戻れば、ふたたび辛い目に遭うと承知しているはずなのに。どんなに止めても無駄だった。

痩せ我慢をしているのは百も承知だから、吉右衛門は千佐子の説得を続け、部屋に閉じ込め、女中に見張らせていたが、ある日食事を運んだらいなくなっていた。女中が目を離したいっときの隙をついて、千佐子は吉井家を出たのだった。

「それから十日後に娘は亡くなりました」

吉右衛門と加代が駆けつけたときには、野辺送りも済んでいた。

流行病だったと釈明を受けたが、嘘なのはわかりきっていた。亡骸《なきがら》を見られたら困るから、あちらの家では吉右衛門と加代に知らせなかったのである。

病死だが、千佐子は顔に大きな痣ができていた。吉右衛門は婚家出入りの医者を拝み倒し、最期の様子を確かめた。

「詳しい話は、わたくしも聞かせてもらっておりません。『千佐子は鬼に食われた』と申すばかりで」

吉右衛門は、頑《がん》として口を閉ざしている。

それが却って陰惨な死に様を思わせる。医者に会ってきた次の日、吉右衛門は軽い卒中を起こした。そのときはすぐに回復したが、一昨年、ふたたび襲われた。今度の卒中は重く、半年ほど吉右衛門は寝付いた。やっと起きられるようになったが、今のような異変が出た。吉右衛門はときおり自分の居場所を見失い、うろたえた様子を見せる。

十年前に死んだ千佐子の名を頻繁《ひんぱん》に口にするようになったのも、二度目の卒中以降だという。鬼に食われた、と言い出したのもそれからのこと。

ひとたび昔に返ると、吉右衛門は暗い目をして家の中をうろつき回る。死んだ娘と話しているふうな様子も見せる。そうなると、気が落ち着くまで待つほかにない。医者にも治せる薬はないと言われているという。

しかし、なぜ鬼に食われたことになるのか。

婚家の人々の冷たさについて、そう喩えたのか。

「どういうことかしらね」

おしげも考え込む顔をしている。

「ひょっとして、病死ではないということですか」

「いえ、そんなことはございません」

加代はかぶりを振った。仮に太一郎が手を上げ、千佐子が死んだとしたら、さすがに医者が気づき目付《めつけ》の調べが入るはず。病で亡くなったことには、おそらく疑いはない。

「あれかしら」

おけいが口を挟むと、おしげがこちらへ目を向けた。

「わかるの？」

「昔の話で、女の人が鬼に一口で食べられてしまう、というのがあるでしょう」

半信半疑ながら言うと、加代がうなずいた。

「おそらく。そのことではないかと、わたくしも考えております」

「何というお話？　鬼の出てくる昔話はたくさんありますよ。まさか桃太郎ではないでしょ？」

「自信はないけど――。『伊勢物語』かしら」

「さようです」

婚家に戻って十日後に亡くなったという、性急さから連想したのだが、どうやら当たっているらしい。

『伊勢物語』の「芥川《あくたがわ》」にそういう話がある。

男がひそかに想っている女を連れて逃げたところ、雨が降り出した。夜道は暗く、歩けない。男は蔵に女をかくまい、夜が明けるのを待つ。ところが翌朝、女は鬼に一口で食われてしまう。男は地団駄を踏み、嘆き悲しんだ――という話だ。

「そのお話なら、わたしも知っておりますよ。でも、亡くなったのは娘さんでしょう。喩えとしては、少し妙な気もするわね」

おしげが怪訝な顔をするのも当然のこと。

自分から口にしておきながら、おけいも同感だった。「芥川」は男と女の話。娘を失った喩えとしては、ぴったりこない気もする。

しかし、加代には心当たりがあるのだという。

「夫は二度目の卒中で倒れてから、わたくしと娘を取り違えることがございます。ですから『芥川』と重ねたのでしょう」

吉右衛門と一緒になる前、加代には別の許婚がいた。

評判のいい男で、次男だったこともあり、ほぼ縁談はまとまりかけていた。結納の日取りも決まり、両親も良縁だと喜んでいたが、加代は不安だった。許婚の人当たりのよさの裏に、薄情さが隠れていそうな予感がしていたのである。

加代には、ほのかに想いを寄せている男もいた。以前から父親のもとへ出入りしていた、五つ年下の男である。吉右衛門だ。年の差があり、家柄の釣り合いもよくないが、真面目で人柄に裏もないところに惹かれた。

もっとも、片恋であった。吉右衛門が自分を師の娘としか思っていないことを、加代は承知していた。それでもいい。加代は結納を間近に控え、賭けに出た。吉右衛門に許婚の怪しさを訴え、行状《ぎょうじょう》を調べてもらったのである。

果たして疑っていた通りだった。許婚には相惚《あいぼ》れの女がいた。吉右衛門は生来の潔癖さで、師に事実を進言した。加代も口添えしたが、父親は立腹した。縁談は家同士で決めることだと、よけいな口出しをした吉右衛門を破門にした。

が、結納前に縁談の話は流れた。父親が人を使って調べたところ、吉右衛門が伝えた通りの醜聞《しゅうぶん》が出てきたのである。

「何だか、娘さんのお話と似ていらっしゃること」

おしげが感慨深げな声を漏らした。

「ええ。それで混同しているのでしょう」

その後、紆余《うよ》曲折《きょくせつ》を経て、吉右衛門は加代の婿に入った。

といっても、相思相愛になったのではない。

相手の家が逆恨みをして加代の悪い噂を流し、次の縁談が来なくなったのである。

いわば、吉右衛門は責任を取らされた形で婿入りしたのだ。義侠心から師に注進した挙げ句、行き遅れとなった娘を押しつけられた。

「そういう意味では、わたくしと夫はちっとも『芥川』ではないのですけれど――。まあ、縁談がまとまる経緯《いきさつ》が似ておりますので、混同するのだと思います」

「きっと、ご主人も奥方さまを想っていらしたのですよ」

「まさか。昔、わたくしのことを夫が何と申していたかご存じないから、そんなことをおっしゃるのです」

「ご主人は何と？」

「将棋の駒、と」

「え？」

「わたくしは鰓が張った四角顔ですから。そういう綽名をつけたのでございますよ」

「あら、ま」

おしげは目を見開いている。

ともかく加代と吉右衛門は夫婦になった。

数年後、儒者の父親は病死した。かつての許婚の家に逆恨みされ、後ろ盾もない吉右衛門は不遇を託《かこ》った。そのせいで夫婦の間には隙間風が吹いていた。

口喧嘩が絶えない日々。当然、子もできない。

加代は自分が我を通したばかりに、親と夫を不幸にしたと悔やみ、床についた。ただでさえ家計が苦しいのに何てこと。いっそこのまま死んだほうが、と思っていたら、吉右衛門が医者を呼んできた。

書物を売って金に換え、加代に薬を飲ませてくれたのである。

「いいご主人さまですねえ。学者さまにとって書物は命でしょうに」

「他に売るものがなかったものですから。でも、おかげで助かりました」

加代も吉右衛門の献身に驚いたという。渋々婿入りしたはずの夫が、まさか書物を手放してまで看病してくれるとは。

以降、加代は口を慎むようになった。夫婦喧嘩が減るに従い、吉右衛門の仕事も回りはじめた。

千佐子が生まれたときには、夫婦で嬉し泣きをしたのだとか。

「我が娘ながら、玉のような赤ん坊で」

吉右衛門と二人、宝物のように育ててきた。

父親と仲睦まじかったことは、吉右衛門を見ていればわかる。餅は千佐子の好物だったのだろう。豆餅を焼きながら、吉右衛門は昔に返っていた。店に入り、自分が連れているのは娘ではなく妻だとわかったときの、虚《うつ》ろな面立ちが消え、表情が若返り、実に楽しげに笑い声を立てていた。

その千佐子が十九で嫁ぐことになり、二十歳で死んだのである。

自分たち親の決めた縁談のせいで。吉右衛門が昔に戻りたい気持ちもわかる。

「もしかすると、夫は自分を鬼になぞらえているのかもしれません」

加代が憂い声でつぶやいた。

「縁談は家同士のもの。嫁ぎ先を決めたのは親ですから」

千佐子がひどい死に方をしたのは、縁談を決めた自分たちのせい。そう言いたいのだ。

「そんな――。そういう相手とご存じなかったのに」

「大事な娘をやるのです。きちんと調べればよかったのですよ。仲人の口を信じたわたくしたちが愚かでした」

応じる加代の声が湿ってくる。新しく淹れた茶も手つかずのまま、もう冷めているに違いない。おけいは茶碗を盆に載せ、いったん厨へ引き返した。

湯を沸かしていると、白湯《さゆ》を飲んで一休みしていた平助が、背中越しに声をかけてきた。

「聞いているのが辛くなったのかい」

「何の話？」

「お武家の奥方さまの話だよ。娘さんを亡くしたんだろ」

「盗み聞きはいけませんよ」

「聞くつもりがなくても、ここにいれば耳に入ってくるさ。小さな店なんだから。ちょうど今はお客も途切れたしな。そろそろ、おけいさんが逃げてくる頃合いだと思ってたら、やっぱり当たった」

おけいは鼻に皺を寄せた。

「意地悪ね。そんなんじゃありません」

「けど、厨へ入ってきたときの顔がしょぼくれてたぜ」

まったく平助は口が悪い。

「気のせいです」

振り向かずに声だけで答えた。

「今、おけいさんが何を考えているか当ててみようか」

平助が謎をかけてきた。

いきなり何を言い出すのだ。返事をするのも億劫《おっくう》で黙っていると、しばらく間をあけてから、平助が続けた。

「死に別れなら、まだましと思っているんだろう。死んだ子はいくつになっても同じ歳だが、生きている子は育つ。いつか大人になって会いにきてくれる日もあるのじゃねえかと、つい期待しちまうからな」

「………」

「で、そういう自分を性悪だと責めてる。違うかい」

「違うわ」

おけいは火吹き筒を手にした。ため息をつく代わりに息を吹きこむと、煙が目に染みた。嫌な人。団栗か茄子に目鼻をつけたみたいな、雑駁《ざっぱく》な顔をしているくせに、人の胸の中をすぐに読むんだから。

しかし、平助の言ったことは当たっていた。

同じ親子の断絶でも、死に別れなら諦めがつく。が、生き別れの場合は無理だ。どうしても望みを捨てきれない。

むろん、自分の考えが傲慢《ごうまん》なことは承知している。加代と比べて、自分のほうが辛いとも思わない。おしげのように平気な顔をしていられないだけだ。子と生き別れの憂き目に遭っているのは同じなのに。

「小上がりの旦那はまだ休んでいるのかい」

「ええ」

「どうも、頭の中で今と昔が斑《まだら》になっているみてえだな」

「お気の毒よね」

「なに、そうでもねえ。死んだ娘に会えるなら、ああして昔に戻るのも悪くないだろ。普通なら、あの世に行かないと会えないんだ」

平助はしんみりした口振りでつぶやき、おけいの顔を見た。

「――なんてな」

しなびた首を突き出し、にやりとする。

「まあ。冗談なの？」

「さてね」

とぼけた相槌を返し、平助は首をぐるりと回した。

「けど、まんざら冗談でもねえよ。この歳まで生きると、出会った奴より別れた奴のほうがずっと多いからな。おけいさんだってわかるだろ」

「………」

「そろそろ昼時だ。起こしてやったらどうだい。あんまり長く昔に浸ってると、今に戻ったときに辛いぜ。どれ、餅でもう一品作っておくか」

平助が俎板《まないた》に向かい、餅を切りはじめた。

4

ふたたび店へ戻ると、おちかが腰を上げた。

「わたし、そろそろ帰ります」

夕方までに戻らないと、店の女将に叱られるという。おけいは新しい茶を加代に供してから勘定を済ませ、おちかを店の外まで送った。

風が強くなってきたようだ。川の表面に波が立っている。

「今日はごめんなさいね。ゆっくりできなかったでしょう」

「いいんです」

おちかは言い、小さくかぶりを振った。

「前にわたしの話も聞いていただいたから」

昨年の夏、おちかは初めて店にあらわれた。そのときは茶屋の客だという若い男の供で、まめ菊と名乗っていた。今はいつも一人でやって来る。秋になる頃、親からもらった名はおちかだと教えてくれた。

「タロウちゃんは元気？」

飼い犬の名前を出すと、おちかは相好を崩した。

「はい。すっかり甘えん坊になっちゃって、今は毎晩、一緒の布団にくるまって寝ているんですよ。いっぱしに鼾も搔くの」

「まあ。鼾？」

「寝言を言うこともあるんですよ。犬も夢を見るのかしら。小唄の師匠に言ったら笑われたけど、わたしは見ていると思うのよ」

「飼い主のおちかちゃんが言うなら、きっとそうですよ」

「今度、うちのお店のほうにいらしたら、声をかけてくださいね。お花見の頃はきれいですから、辺りを案内させてくださいな」

「ええ、ぜひ。母と一緒に参ります」

「今から楽しみ」

売れっ子の芸者なのに、暇を見つけて月に一度か二度は顔を見せる。おちかは親の借金を返すために茶屋へ売られてきた。初めて店にやってきたときは、お人形さんみたいな可愛いお嬢さんという印象だったけれど、徐々に大人びてきた。

「わたし、『伊勢物語』は知らないけれど、あのお武家さんは鬼じゃないと思う。悪いのは当然、嫁ぎ先の人たちよ」

「そうね」

「でも、きっと親からすると、そういう気持ちになってしまうのでしょうね。娘が辛い目に遭うのは、自分たちのせいだ、って。亡くなった娘さん――、千佐子さんとお武家さんが呼んでいらしたけれど、その方はよほど大事にされていたのだと思うわ」

一瞬、おちかは長い睫毛《まつげ》を伏せた。

吉右衛門と加代を見て、生家のことを思い出したのだろう。おちかの両親がどういう人たちなのか知らないが、付き合いは絶えているのかもしれない。

「また来ます」

おちかはきれいな笑みを浮かべ、渡し場へ歩いていった。

「気をつけてね」

「はあい」

ちらと振り向き、遠ざかっていく。次に店に来るときはもう桃の季節だろうか。

桜の頃になるかもしれない。そのときにはさらに美しくなっているに違いない。若い人は日々育っていくものだから。

一人息子の佐太郎と別れて八年。

別れたとき五つだったから、もう十三。一緒に過ごした年月より、離れて暮らしてからのほうが長くなった。年が明けるたび、こっそり佐太郎の歳を数える。今もおけいの顔を覚えているかどうか。忘れてしまっていてもおかしくない。あるいは別れた夫が再縁し、新しい母親に懐いているかもしれない。想像すると胸が痛くなる。自分ではどうすることもできないことを、おけいはすぐに考える。

店に戻り、小上がりを覗いたら、吉右衛門が目を覚ましていた。

「ゆっくり休めましたか」

声をかけると、吉右衛門はやおら上体を起こした。

「申し訳ない。迷惑をかけました」

一寝入りして、正気に返っているようだ。吉右衛門は小上がりを下りると、長床几にいる加代のもとへ向かった。足取りもしっかりしている。

「ちょうどよかった」

おしげが吉右衛門を見て、ぽんと手を叩いた。

「うちの平助が揚げ餅を作りましてね。今、奥方さまが召し上がっていたところなんです。よろしければ、つまみませんか」

「ほう」

揚げ餅と聞き、吉右衛門が目を細めた。

「そいつは嬉しい。揚げ餅は子どもの頃からの好物で」

「うちでも、よく作るんですよ」

と、加代も言う。

「どれ、いただこうか」

吉右衛門は平皿の揚げ餅へ手を伸ばした。

「うまいな」

「お茶も新しく淹れておりますので、どうぞ」

おしげの勧めるまま、吉右衛門は茶を飲んだ。それからまた小皿へ手を伸ばす。

「お気に召しましたか」

「正月を過ぎて硬くなった餅をこうして食べるのが、またうまい。こちらの店はつきたての餅を揚げているから格別ですな。少しだけと思っても、つい食べ過ぎてしまいそうです。――なんだ、お前はもう全部食べたのか。汁粉を食ったばかりなのに。肥《ふと》るぞ」

「お互いさまでございますよ。お前さまこそ、豆餅を平らげたではありませんか」

加代はしらっと言い返した。

「一つはさっきの娘にやった」

「それでも四枚は召し上がりましたでしょう」

「うまい餅はいくらでも入る」

吉右衛門は瞬く間に小皿を空にした。

「お代わりはございますかな」

「いけません。まだ旅を始めたばかりですのに。お腹が重くて動けないとなれば、わたくしが往生いたします」

加代に窘《たしな》められ、吉右衛門は不興げに口を曲げた。しかし妻の言いつけに従い、揚げ餅のお代わりをするのは思い留まったようだ。

二人は夫婦でこれから江戸を巡る旅に出るのだという。千佐子の弟の和馬が跡を継いだから、家のことを任せ、のんびり行楽しようという趣向らしい。

「いつどうなってもおかしくない歳になりましたので、足が利くうちに」

「旅に行くなら、歩けるうちですものね」

歳の近いおしげが賛同する。

「ええ。無理はしません。舟も使ってのんびり参ります」

「よろしゅうございますね」

千佐子が早世《そうせい》したことは、夫婦にとってぬぐい去りがたい悲しみだった。二人はその荒波に耐え、加代が還暦、吉右衛門が五十五になるまで生き延びた。今も夫婦の胸には千佐子を失った傷が残っている。

けれど、子を失っても人は生きていかねばならない。そのとき隣に同じ痛みを知る伴侶《はんりょ》がいることは、心強いことだと、おけいは吉右衛門と加代の二人を見て思った。一緒になるまでの経緯はともあれ、二人は似合いの夫婦に見えた。将棋の駒だ、大福餅だと互いをからかいあいながらも、仲睦まじい。そうでなければ、ときおり正気を失って昔に返る夫に供をして、旅に出ようとは思うまい。

「ご馳走さまでした」

吉右衛門と加代が揃って腰を上げた。勘定を済ませ、おけいは店の外まで見送りに出た。さっき、おちかと一緒に出たときと比べ、少し風がやわらいだようだ。低く垂れ込めた雲の隙間から、細い日も差している。

「これからどちらへ？」

おけいが訊くと、夫婦は顔を見合わせた。

「浅草寺にお参りにでも行くか」

「いいですね。この旅の無事を祈りに参りましょうか」

「舟がおるかな」

土手沿いの道から渡し場を見下ろし、吉右衛門が言った。

「また、あの船頭さんがいらっしゃればいいけど」

「行きに乗せてくれた船頭のことか」

「ええ。いい方でしたもの、舟の漕ぎ方も丁寧で」

「船宿で呼べないのか」

「どうなんでしょう」

加代は口ごもり、おけいに問うた。

「近くに船宿はございますかしら」

「この道を行った先にありますけど。おそらく同じ舟を呼ぶのは難しいかもしれませんね。渡し舟は乗せるお客次第で、どこに行くかわかりませんから」

「そうよね」

残念そうに相槌を打ち、加代は探す目で川を眺めている。吉右衛門はのんびりした足取りで渡し場へ向かった。

船頭は体一つで商売ができ、実入りもよいから人気がある。気の毒だがよほどの巡り合わせに恵まれない限り、船頭との再会は難しいだろう。

「親切でね。『伊勢物語』もご存じでいらっしゃいましたよ。船頭さんの機転でこちらの渡し場へ着けていただいたのです」

舟に乗ったときのことを加代が教えてくれた。

どちらへ着けるかと船頭に問われ、吉右衛門は「東国へ」と答えたのだそうだ。普通なら、とまどうところだ。その船頭も一瞬、虚を衝かれた顔をした。が、しばらくして吉右衛門に返した。

(橋場の渡しですね)

妄言《もうげん》と思われてもしょうがないところ、その船頭は吉右衛門の意を汲みとり、正しい行き先へ着けた。

『伊勢物語』の主人公は京に住んでいたのだが、女を鬼に食べられたとされる騒動の後、京を出て東国へ向かった。そのときに通ったのが橋場の渡しとされている。

船頭はその言い伝えを知っており、吉右衛門の行き先に見当がついたのだと思う。

そう加代は語った。

「どんな顔でしたか」

おけいは昂《たか》ぶる胸の鼓動を抑えて訊いた。

「え？」

「その船頭です。どんな人でした？」

「菅笠を深くかぶっていらしたので、顔立ちはよく見えなかったけれど、そうね、歳はあなたより少し下。三十を少し出たくらいかしら。背が高くて、姿勢のいい方でした。ごめんなさい、そんなことしか覚えていなくて」

似たような年格好の船頭は大勢いる。もっと手掛かりが欲しい。おけいは焦れる気持ちで、手を揉んだ。

「ああ――、でも名は聞きましたよ。新市さんですって」

「新市ですか」

「ええ」

「ひょっとして、新吉ということはありませんか」

おけいが念を押すと、加代は首を傾げた。

「さあ、どうだったかしら。そう言われると確信はありませんけど、お知り合いに新吉さんという船頭さんがいらっしゃるの？」

上流から舟が近づいてきた。渡し場にいる吉右衛門を見つけ、岸へ寄せてくる。おけいは間の悪さがもどかしかったが、問い返したところで、吉右衛門と加代を乗せた船頭が新吉かどうか確かめようもない。

吉右衛門がこちらを振り向いた。舟が岸に着いたのである。

「では、まいりますね」

加代は土手を下り、吉右衛門のもとへ歩いていった。舟に乗った二人に向かい、おけいは辞儀をした。


その日の夕方前。

お客の切れ間に、おけいとおしげは渡し場へ行った。

「母さん、そんなに急がないで。土手は滑りやすいから」

「平気ですよ」

おけいが止めても娘の言うことなど聞かない。草履を鳴らし、土手を小走りに下っていく。川は静かだった。渡し舟の姿は見えない。

「いないじゃないの」

おけいが追いつくと、おしげが無念そうに口を尖らせた。

「仕方ないでしょう。それに、どのみち人違いかもしれないし」

「見てみなければわかりませんよ」

「お武家のお二人を乗せたのは、『新市』という船頭でしょう」

「聞き間違いです」

おしげは半ば新市を新吉と決めつけていた。

加代に聞いた話をすれば、こうなることは予想していた。あまり期待しないようにと説いても、おしげは聞く耳を持たない。どんなに薄い手掛かりでも、新吉につながりそうなものを前にすると我を忘れてしまう。

冬枯れした草を踏みしだき、おしげは川に向かって身を乗り出している。

「新吉ですよ」

そうではないかと、おけいも思っている。

「あの子は『伊勢物語』を読んでいましたから。お武家さまのおっしゃることが通じたのです」

「だとすれば、いずれ会えるわ」

「いつ？」

「さあ——。でも、船頭をしているなら、きっとまた、この渡し場へ舟を着けることもあるでしょう」

「もう、そんなに長く待てませんよ」

悲痛な声でおしげが言う。

「わたしだって五十四ですからね。いつどうなるか、わかったものじゃない」

「今度は間違えないのね」

「何の話？」

「さっき、お武家の奥方さまとお話ししていたときは、五十三と言っていたじゃないの」

「おや、そうだったかしら」

おしげがとぼけるのを見て、おけいは可笑しくなった。そして、まだ大丈夫だと思った。一つでも歳をごまかしたい見栄があるくらいのほうがいい。それでこそ、おしげという気がする。

「戻りましょう、ここは寒いから」

「そうね」

口では答えるのだが、おしげは動かなかった。

冬日は淡く、立っていると着物の裾から冷えがしのんでくる。化粧っ気のないおしげの横顔が、店にいるときより老けて見え、おけいはどきりとした。つい今し方、まだ大丈夫だと思ったことには何の裏打ちもない。おしげの言う通り、それほど悠長に待っていられないのかもしれない。

「もし新吉なら、少なくとも無事でいるのね」

おけいは独《ひと》りごちた。

「当たり前ですよ」

何を今さら、と嚙みつきそうな顔をして、おしげはおもむろに踵《きびす》を返した。店へ戻るのだ。おけいはついていった。土手を上るおしげの足首は細く、歩幅も小さい。おしげは飛脚問屋の女将だった頃から、裾をきつめに着付けている。よく下り坂を急げたものだと思う。

きっと会える。

川を見下ろす土手沿いの店には、『しん』と書かれた白木の看板が下がっている。

解説

菊池《きくち》 仁《めぐみ》
（文芸評論家）

ときたま読者冥利《みょうり》に尽きるという至福の時間と出会うことがある。特に、気になっていた作家の最新作が、渾身の仕上がりとなっていた時などである。本書、伊多波碧著『橋場の渡し　名残の飯』は筆者にとってまさにそんな作品であった。具体的な理由は後述するとして、まず、作者について触れておこうと思う。

一九七二年新潟生まれ。信州大学人文学部卒業。学生時代から英米文学や谷崎潤一郎の作品に親しみを感じていたという。二〇〇一年から作家活動を始めるが、実質的デビュー作は二〇〇五年に上梓《じょうし》した『紫陽花寺』である。この『紫陽花寺』と翌二〇〇六年に発表した『六郷川人情渡し　ささやき舟』の二作品は、人間観察の優しさと細やかな心理描写、及び詩情溢《あふ》れる風景描写を特徴としており、市井《しせい》人情ものの新しい書き手として高い評価を受ける。これが弾みとなって、『恋桜』、『公事師喜兵衛事件綴り　純情椿』、『同　猫毛雨』、『甘味侍江戸探索　杏林の剣士』、

『もののけ若様探索帖　甲子夜話異聞』、『甲子夜話異聞②　もののけ若様探索帖　夫婦喧嘩』、『もののけ若様探索帖　逢瀬』、『うそうそどき』などの作品を手掛ける。二〇一〇年前後の文庫書下ろしシリーズものの流れを意識した公事師、もののけなどの題材を取り入れ、器用なところも見せたが、ヒットを飛ばすまでは至らなかった。二〇一五年を境に雌伏《しふく》の時を迎える。

しかし、二〇一九年に刊行された『リスタート！　あのオリンピックからはじまったわたしの一歩』が、雄飛の糸口となった。一九六四年の東京オリンピックの裏方を手伝うことになった女性の内面を丁寧に描いた作風が評価されたのである。五年に及ぶ切磋琢磨の日々は決して無駄ではなかった。この作風に感銘を受けた編集者の依頼で書いたのが二〇二〇年に発表した『父のおともで文楽へ』である。

三七歳、シングルマザー、加えて派遣社員という現代の閉塞的な環境下にある女性の生き様を、陰影豊かな筆致で描いた作品である。暗く重くなりがちな題材を、爽やかな読後感を与える作品に仕上げた力量は、前作を境に著しい成長を遂げつつあることを示していた。恐らくデビュー作で見せた資質が開花し、それを武器とすることで、身の丈に合った小説作法で勝負に出ることを決意した結果と思われる。それだけに次にどんな作品を書いてくるか気になっていた。

そこに本書が登場したのである。特筆すべき点の第一は、巧みな舞台設定にある。川、渡し場、舟と船頭、一膳飯屋が物語のカギを握っているわけだが、いずれも江戸の町と人々の生活に深くかかわっている重要な〈場〉である。市井人情ものを書くならば、江戸情緒を醸《かも》し出す格好の装置といえる。言葉を換えれば読者が感情移入しやすい回路として作用する。なぜなら、登場人物の内面をわかりやすい表現で描き切るということは、最高の情景を用意し、それをどれだけ深く登場人物の心象風景と同一化させるかにかかってくるからである。

実は、作者の二作目の『六郷川人情渡し　ささやき舟』は、六郷の渡し場と舟、そこにある小さな飯屋を舞台にした作品で、本書を着想する原型となっている。二〇〇六年の時点でこの舞台装置に着眼した作者のセンスにはかなり鋭いものがあるといえよう。ちなみに作者の資質を最もよく体現した作品「末枯虫」は、『江戸の美食　珠玉の時代小説選』（光文社時代小説文庫）にも収められている。

第二は、渡し場を〈橋場の渡し〉に特定したことである。橋場の渡しは、対岸の寺島村とを結ぶ、約一六〇メートルの渡しで、「白鬚《しらひげ》の渡し」とも言われていた。佐倉《さくら》街道、奥州《おうしゅう》街道、水戸《みと》街道を通行するためには橋場の渡しを経由しなければならなかった。しかし、千住《せんじゅ》大橋ができてからは、街道筋が大橋に移った。作者は千住大橋に近いことと、街道筋から外れたので渡し舟に着眼。舟と船頭を物語に取り込めば、いつの日か戻ってくるであろう新吉《しんきち》に寄り添う場所となりえる。物語をより豊かに出来ると計算したからである。この設定が上手く機能しているかどうかに成否がかかってくる。

第三は、ストーリー展開を面白くするための工夫をしていることである。過去の作品の弱点は、展開に動きや躍動感が希薄だった点にあった。要するに、展開を引っ張っていく強力な繋ぎが不足しているためであった。前作は、文楽と文楽に惹かれたヒロインの内面を繋ぎとすることで、ヒロインの生き方を語る上でのエピソードにリアル感と深みが出て、展開に動きが出た。この手法を短編連作に活用したのである。

繋ぎの役割を担っているのは、心の内奥に抱え込んだ〈喪失感〉である。母のおしげは、息子の新吉が罪を犯し、江戸十里四方払いとなり、橋場の渡しから見送ったという過去を持っている。深い喪失感を抱えて生きている。娘のおけいは、新吉が罪を犯したことで、嫁ぎ先から離縁され、一人息子の佐太郎《さたろう》と引き離されてしまった。そのためおけいには新吉に対する屈託がある。喪失感に加え重い足枷《あしかせ》がはめられていた。つまり、物語を動かしているのは、登場人物が抱えている喪失感である。繋ぎとしては重いテーマだが、それが安易な市井人情ものに墜ちる歯止めとなっている。各話のラスト場面に注目して欲しい。新吉と思しき男の消息が描かれている。これを繋ぎとして次の物語に誘い込む手法を採っている。これを念頭に置きながら各話を見ていこう。

第一話で際立っているのは、面白くするための工夫である。住む家を失《な》くしたおけいとおしげは、渡し場で一膳飯屋を開くことを決意する。屋号の「しん」には、新吉が戻ってきたとき、すぐ見つけられるようにという願いが込められている。そんな「しん」だけにお客への気遣いに溢れている。例えばメニューを見ても、お客のなじんだ硬さの炊き立てのご飯を出すことにしているし、お菜もお客の好みに合わせて調理する。根強い人気を誇る料理小説のなかでも、優れた工夫であるし、特徴づけとなっている。背後に新吉が戻ってきた時に食べさせたいという思いがある。「しん」の出す料理は、この思いもご飯のお伴になっている。

もうひとつある。若女将のおけいは聞き上手で、おしげはどんなお客にも対応できる懐の深さを持っている。悩みや屈託を抱えたお客が、自分好みの硬さの熱々のご飯と特注のお菜をつまみながら、二人の真摯《しんし》な対応に触れると、胸が少し軽くなったような気がして店を出ていく。喪失感を抱えて生きているからこそのやさしさが息づいているのである。秀抜な工夫といえる。

第一話は、この工夫を最大限に活かしたエピソードとなっている。相撲取りの左《さ》千《ち》夫《お》は腰を痛め、生きる道を見失う。江戸での最後の食事と思い「しん」に入る。左千夫は江戸を去った頃の新吉と同じ年格好。おけいは熱いお茶を出し、それとなく話を聞く。おしげが好きなおかずはと聞いたら、新吉と同じ熱々の天麩羅に塩を振って食べ、余りは丼にしたいという。おしげとおけいの息の合った連係により、左千夫の気持ちがほぐれていく過程を丁寧に描いている。これが新しい展開を呼び込む。加えて、左千夫の新しい門出を見送った後、おしげとおけい、新吉の過去のエピソードが描かれる。第一話にふさわしい構成で、思わずページをめくる手が早まっていく。

第二話以降はこれぞという読みどころの紹介をしていく。第二話は、作者が最も得意とする恋話を題材としている。ありふれたものだけにどんな変化球を投げるかが注目される。当然、焦点は「しん」がどう関わってくるのかである。

おちかは芸者で十五歳。芸者で売れるより、早く足を洗って堅気に戻りたいと思っている。おちかは贔屓《ひいき》客の朴訥《ぼくとつ》で心根も優しい康次郎《やすじろう》が好きで、身請けしてもらう約束もしている。作者は一つ一つエピソードを重ねることで、康次郎の見せかけだけのやさしさを引き剝がしていく。子犬の存在とおしげの漏らした一言が、重要な布石となっているのがミソである。子犬がおちかの喪失感を埋め、新たな生き方を選択するというのも現代を投影していて興味深い。新吉と思しき船頭が凜々《りり》しい姿で現れるのが、一服の清涼剤として効果を発揮している点も見逃せない。

第三話と第四話は、作者の持てる資質と、その資質を磨くために多大なエネルギーをつぎ込んだ努力の跡が窺える佳品となっている。比較するとわかりやすい。原型となった『六郷川人情渡し　ささやき舟』の「初蟬」に、落ちぶれて生き方を悔いている初老の男の述懐が出てくる。

向こう岸へ飛んでゆく鳥たちを見ながら、佐平は胸の内でつぶやいた。川の先に拓いているはずだった人生を思い、遠くの水や空をながめる。この川を渡りたかった。向こう側に行かないと、自分の人生は始まらないと思っていた。

市井人情ものらしい泣かせる場面なのだが、直線的で詠嘆的で筆に任せて書いた未熟さを感じる。第三話、第四話共に泣かせる場面が盛り込まれているが、抑制のきいた、調和のとれた描写で貫かれている。登場人物との距離感を見切れるまで成長した証である。

第三話は、蘭方医の宗庵《そうあん》と宗庵を育てるために苦労をしてきた母親との話である。何の変哲もない親孝行の話なのだが、作者の手にかかると、手の込んだ仕掛けを施した読物より、起伏の付いた物語に変身する。

蘭方医として一人前になるまでは長崎から帰ってこなくともよいという母親と、母の健康状態を気遣う宗庵。この二人の切ないやり取りを手紙が代弁する。手紙で幕が開き、手紙が心地良い幕切れを用意する。考え抜かれた仕掛けである。冒頭の舟の場面にも注目して欲しい。身の上話をする宗庵とじっと耳を傾ける新吉と思しき男。構成の妙である。さらに鮎の塩焼きと柿のエピソードは、母を案ずる宗庵に寄り添っていく「しん」の存在感が、物語に奥行きを与え、内面の起伏となっている。

第四話は、〈風花の舞う日のことである。〉という一節で始まる。吉井吉右衛門《よしいきちえもん》は久々に娘の千佐子《ちさこ》を伴って散策に出ることにした。作者は、冒頭の場面で娘を嫁がせる前の父親の複雑な心境を、きめ細かい筆致で綴っている。ところが読み進めていくうちに、吉右衛門の様子がおかしいことに気付く。同伴しているのは娘でなく妻の加代《かよ》であることが分かる。吉右衛門は押しつぶされそうになる悲しみと、認めたくないという喪失感の中で生きていることが分かる仕組みになっている。書き出しの風花の情景は、吉右衛門と加代の心象風景に他ならない。練りに練った一節である。

読みどころは、新吉との絡みと、「しん」で出す豆餅のエピソードである。エピソードにますます磨きがかかり、独自性の高い濃縮された人間ドラマに舌鼓を打つこと請け合いである。

本書を読了して改めて思ったのだが、今の時代、最もリアルなのは、内に潜んでいる声を言語化し、可視化し、鈍感極まりない社会に届けることなのである。その意味で本書は小さくて大きな物語なのである。

おしげとおけい、新吉の今後が気になってしょうがない。そう思っているのは筆者だけではあるまい。

光文社文庫

文庫書下ろし／長編時代小説
橋場《はしば》の渡《わた》し　名残《なごり》の飯《めし》
著者　伊多波碧《いたばみどり》

2021年9月20日　初版1刷発行

発行者　鈴木広和
印刷　堀内印刷
製本　ナショナル製本

発行所　株式会社光文社
〒112-8011　東京都文京区音羽1-16-6
電話（03）5395-8149　編集部
8116　書籍販売部
8125　業務部

ISBN978-4-334-79245-9　Printed in Japan

組版　萩原印刷